比较文学与世界文学 研究丛书

主编 曹顺庆

初编 第 **14** 册

跨艺术比较（上）

赵建国 著

花木兰文化事业有限公司

国家图书馆出版品预行编目资料

跨艺术比较（上）／赵建国 著 —— 初版 —— 新北市：花木兰文
化事业有限公司，2022〔民 111〕
目 2+174 面；19×26 公分
（比较文学与世界文学研究丛书 初编 第 14 册）
ISBN 978-986-518-720-0（精装）
1.CST：文学与艺术 2.CST：文艺评论
810.8 110022066

ISBN-978-986-518-720-0

9 789865 187200

比较文学与世界文学研究丛书
初编　第十四册　　　　　　　ISBN：978-986-518-720-0

跨艺术比较（上）

作　　者 赵建国
主　　编 曹顺庆
企　　划 四川大学双一流学科暨比较文学研究基地
总 编 辑 杜洁祥
副总编辑 杨嘉乐
编辑主任 许郁翎
编　　辑 张雅淋、潘玟静、刘子瑄　美术编辑 陈逸婷
出　　版 花木兰文化事业有限公司
发 行 人 高小娟
联络地址 台湾 235 新北市中和区中安街七二号十三楼
　　　　　电话：02-2923-1455／传真：02-2923-1452
网　　址 http://www.huamulan.tw 信箱 service@huamulans.com
印　　刷 普罗文化出版广告事业
初　　版 2022 年 3 月
定　　价 初编 28 册（精装）台币 76,000 元　　　版权所有 请勿翻印

跨艺术比较(上)

赵建国 著

作者简介

赵建国，河西学院文学院教授，先后在《中山大学学报》《国外文学》《外国文学研究》《美育学刊》等刊物发表论文二十余篇，主要从事跨艺术比较研究。

提　　要

梵高的名画《星夜》被美国女诗人安妮·塞克斯顿写成了诗歌，加拿大诗人小说家玛格丽特·阿特伍德的诗歌《马奈的〈奥林匹亚〉》，是对印象派画家马奈的画作《奥林匹亚》的描述，20 世纪美国著名诗人威廉·卡洛斯·威廉斯依据 16 世纪尼德兰画家彼得·勃鲁盖尔的油画至少写作了 10 首以上的诗歌。从绘画到诗歌，从诗歌到绘画，诗画之间的互动转换即是跨艺术比较。

本书内容由上下两编构成：上编 12 章主要探讨诗歌与绘画之间的互动转换，有从诗歌到绘画的个案分析，也有从绘画到诗歌的实例论述；下编 10 章主要讨论从神话到艺术的转换，也可视为神话主题的比较研究。这些个案研究能够为跨艺术比较理论与方法的建构提供镜鉴。

比较文学的中国路径

曹顺庆

　　自德国作家歌德提出"世界文学"观念以来，比较文学已经走过近二百年。比较文学研究也历经欧洲阶段、美洲阶段而至亚洲阶段，并在每一阶段都形成了独具特色学科理论体系、研究方法、研究范围及研究对象。中国比较文学研究面对东西文明之间不断加深的交流和碰撞现况，立足中国之本，辩证吸纳四方之学，而有了如今欣欣向荣之景象，这套丛书可以说是应运而生。本丛书尝试以开放性、包容性分批出版中国比较文学学者研究成果，以观中国比较文学学术脉络、学术理念、学术话语、学术目标之概貌。

一、百年比较文学争讼之端——比较文学的定义

　　什么是比较文学？常识告诉我们：比较文学就是文学比较。然而当今中国比较文学教学实际情况却并非完全如此。长期以来，中国学术界对"什么是比较文学？"却一直说不清，道不明。这一最基本的问题，几乎成为学术界纠缠不清、莫衷一是的陷阱，存在着各种不同的看法。其中一些看法严重误导了广大学生！如果不辨析这些严重误导了广大学生的观点，是不负责任、问心有愧的。恰如《文心雕龙·序志》说"岂好辩哉，不得已也"，因此我不得不辩。

　　其中一个极为容易误导学生的说法，就是"比较文学不是文学比较"。目前，一些教科书郑重其事地指出：比较文学不是文学比较。认为把"比较"与"文学"联系在一起，很容易被人们理解为用比较的方法进行文学研究的意思。并进一步强调，比较文学并不等于文学比较，并非任何运用比较方法来进行的比较研究都是比较文学。这种误导学生的说法几乎成为一个定论，

一个基本常识，其实，这个看法是不完全准确的。

让我们来看看一些具体例证，请注意，我列举的例证，对事不对人，因而不提及具体的人名与书名，请大家理解。在 Y 教授主编的教材中，专门设有一节以"比较文学不是文学比较"为题的内容，其中指出"比较文学界面临的最大的困惑就是把'比较文学'误读为'文学比较'"，在高等院校进行比较文学课程教学时需要重点强调"比较文学不是文学比较"。W 教授主编的教材也称"比较文学不是文学的比较"，因为"不是所有用比较的方法来研究文学现象的都是比较文学"。L 教授在其所著教材专门谈到"比较文学不等于文学比较"，因为，"比较"已经远远超出了一般方法论的意义，而具有了跨国家与民族、跨学科的学科性质，认为将比较文学等同于文学比较是以偏概全的。"J 教授在其主编的教材中指出，"比较文学并不等于文学比较"，并以美国学派雷马克的比较文学定义为根据，论证比较文学的"比较"是有前提的，只有在地域观念上跨越打通国家的界限，在学科领域上跨越打通文学与其他学科的界限，进行的比较研究才是比较文学。在 W 教授主编的教材中，作者认为，"若把比较文学精神看作比较精神的话，就是犯了望文生义的错误，一百余年来，比较文学这个名称是名不副实的。"

从列举的以上教材我们可以看出，首先，它们在当下都仍然坚持"比较文学不是文学比较"这一并不完全符合整个比较文学学科发展事实的观点。如果认为一百余年来，比较文学这个名称是名不副实的，所有的比较文学都不是文学比较，那是大错特错！其次，值得注意的是，这些教材在相关叙述中各自的侧重点还并不相同，存在着不同程度、不同方面的分歧。这样一来，错误的观点下多样的谬误解释，加剧了学习者对比较文学学科性质的错误把握，使得学习者对比较文学的理解愈发困惑，十分不利于比较文学方法论的学习、也不利于比较文学学科的传承和发展。当今中国比较文学教材之所以普遍出现以上强作解释，不完全准确的教科书观点，根本原因还是没有仔细研究比较文学学科不同阶段之史实，甚至是根本不清楚比较文学不同阶段的学科史实的体现。

实际上，早期的比较文学"名"与"实"的确不相符合，这主要是指法国学派的学科理论，但是并不包括以后的美国学派及中国学派的学科理论，如果把所有阶段的学科理论一锅煮，是不妥当的。下面，我们就从比较文学学科发展的史实来论证这个问题。"比较文学不是文学比较""comparative literature is not literary comparison"，只是法国学派提出的比较文学口号，只是法国学派一派的主张，而不是整个比较文学学科的基本特征。我们不能够把这个阶段性的比较文学口号扩大化，甚至让其突破时空，用于描述比较文学所有的阶段和学派，更不能够使其"放之四海而皆准"。

法国学派提出"比较文学不是文学比较"，这个"比较"（comparison）是他们坚决反对的！为什么呢，因为他们要的不是文学"比较"（literary comparison），而是文学"关系"（literary relationship），具体而言，他们主张比较文学是实证的国际文学关系，是不同国家文学的影响关系，influences of different literatures，而不是文学比较。

法国学派为什么要反对"比较"（comparison），这与比较文学第一次危机密切相关。比较文学刚刚在欧洲兴起时，难免泥沙俱下，乱比的情形不断出现，暴露了多种隐患和弊端，于是，其合法性遭到了学者们的质疑：究竟比较文学的科学性何在？意大利著名美学大师克罗齐认为，"比较"（comparison）是各个学科都可以应用的方法，所以，"比较"不能成为独立学科的基石。学术界对于比较文学公然的质疑与挑战，引起了欧洲比较文学学者的震撼，到底比较文学如何"比较"才能够避免"乱比"？如何才是科学的比较？

难能可贵的是，法国学者对于比较文学学科的科学性进行了深刻的的反思和探索，并提出了具体的应对的方法：法国学派采取壮士断臂的方式，砍掉"比较"（comparison），提出比较文学不是文学比较（comparative literature is not literary comparison），或者说砍掉了没有影响关系的平行比较，总结出了只注重文学关系（literary relationship）的影响（influences）研究方法论。法国学派的创建者之一基亚指出，比较文学并不是比较。比较不过是一门名字没取好的学科所运用的一种方法……企图对它的性质下一个严格的定义可能是徒劳的。基亚认为：比较文学不是平行比较，而仅仅是文学关系史。以"文学关系"为比较文学研究的正宗。为什么法国学派要反对比较？或者说为什么法国学派要提出"比较文学不是文学比较"，因为法国学派认为"比较"（comparison）实际上是乱比的根源，或者说"比较"是没有可比性的。正如巴登斯佩哲指出："仅仅对两个不同的对象同时看上一眼就作比较，仅仅靠记忆和印象的拼凑，靠一些主观臆想把可能游移不定的东西扯在一起来找点类似点，这样的比较决不可能产生论证的明晰性"。所以必须抛弃"比较"。只承认基于科学的历史实证主义之上的文学影响关系研究（based on scientificity and positivism and literary influences.）。法国学派的代表学者卡雷指出：比较文学是实证性的关系研究："比较文学是文学史的一个分支：它研究拜伦与普希金、歌德与卡莱尔、瓦尔特·司各特与维尼之间，在属于一种以上文学背景的不同作品、不同构思以及不同作家的生平之间所曾存在过的跨国度的精神交往与实际联系。"正因为法国学者善于独辟蹊径，敢于提出"比较文学不是文学比较"，甚至完全抛弃比较（comparison），以防止"乱比"，才形成了一套建立在"科学"实证性为基础的、以影响关系为特征的"不比较"的比较文学学科理论体系，这终于挡住了克罗齐等人对比较文学"乱比"的批判，形成了以"科学"实证为特征的文学影响关系研究，确立了法国学派的学科理论和一整套方法论体系。当然，法国学派悍然砍掉比较研究，又不放弃"比较文学"这个名称，于是不可避免地出现了比较文学名不副实的尴尬现象，出现了打着比较文学名号，而又不比较的法国学派学科理论，这才是问题的关键。

当然，法国学派提出"比较文学不是文学比较"，只注重实证关系而不注重文学比较和文学审美，必然会引起比较文学的危机。这一危机终于由美国著名比较文学家韦勒克（René Wellek）在 1958 年国际比较文学协会第二次大会上明确揭示出来了。在这届年会上，韦勒克作了题为《比较文学的危机》的挑战性发言，对"不比较"的法国学派进行了猛烈批判，宣告了倡导平行比较和注重文学审美的比较文学美国学派的诞生。韦勒克作了题为《比较文学的危机》的挑战性发言，对当时一统天下的法国学派进行了猛烈批判，宣告了比较文学美国学派的诞生。韦勒克说："我认为，内容和方法之间的人为界线，渊源和影响的机械主义概念，以及尽管是十分慷慨的但仍属文化民族主义的动机，是比较文学研究中持久危机的症状。"韦勒克指出："比较也不能仅仅局限在历史上的事实联系中，正如最近语言学家的经验向文学研究者表明的那样，比较的价值既存在于事实联系的影响研究中，也存在于毫无历史关系的语言现象或类型的平等对比中。"很明显，韦勒克提出了比较文学就是要比较（comparison），就是要恢复巴登斯佩哲所讽刺和抛弃的"找点类似点"的平行比较研究。美国著名比较文学家雷马克（Henry Remak）在他的著名论文《比较文学的定义与功用》中深刻地分析了法国学派为什么放弃"比较"（comparison）的原因和本质。他分析说："法国比较文学否定'纯粹'的比较（comparison），它忠实于十九世纪实证主义学术研究的传统，即实证主义所坚持并热切期望的文学研究的'科学性'。按照这种观点,纯粹的类比不会得出任何结论,尤其是不能得出有更大意义的、系统的、概括性的结论。……既然值得尊重的科学必须致力于因果关系的探索,而比较文学必须具有科学性,因此,比较文学应该研究因果关系,即影响、交流、变更等。"雷马克进一步尖锐地指出,"比较文学"不是"影响文学"。只讲影响不要比较的"比较文学",当然是名不副实的。显然,法国学派抛弃了"比较"(comparison),但是仍然带着一顶"比较文学"的帽子,才造成了比较文学"名"与"实"不相符合,造成比较文学不比较的尴尬,这才是问题的关键。

美国学派最大的贡献,是恢复了被法国学派所抛弃的比较文学应有的本义——"比较"(The American school went back to the original sense of comparative literature ——"comparison"),美国学派提出了标志其学派学科理论体系的平行比较和跨学科比较:"比较文学是一国文学与另一国或多国文学的比较,是文学与人类其他表现领域的比较。"显然,自从美国学派倡导比较文学应当比较(comparison)以后,比较文学就不再有名与实不相符合的问题了,我们就不应当再继续笼统地说"比较文学不是文学比较"了,不应当再以"比较文学不是文学比较"来误导学生!更不可以说"一百余年来,比较文学这个名称是名不副实的。"不能够将雷马克的观点也强行解释为"比较文学不是比较"。因为在美国学派看来,比较文学就是要比较(comparison)。比较文学就是要恢复被巴登斯佩哲所讽刺和抛弃的"找点类似点"的平行比较研究。因为平行研究的可比性,正是类同性。正如韦勒克所说,"比较的价值既存在于事实联系的影响研究中,也存在于毫无历史关系的语言现象或类型的平等对比中。"恢复平行比较研究、跨学科研究,形成了以"找点类似点"的平行研究和跨学科研究为特征的比较文学美国学派学科理论和方法论体系。美国学派的学科理论以"类型学"、"比较诗学"、"跨学科比较"为主,并拓展原属于影响研究的"主题学"、"文类学"等领域,大大扩展比较文学研究领域。

二、比较文学的三个阶段

下面,我们从比较文学的三个学科理论阶段,进一步剖析比较文学不同阶段的学科理论特征。现代意义上的比较文学学科发展以"跨越"与"沟通"为目标,形成了类似"层叠"式、"涟漪"式的发展模式,经历了三个重要的学科理论阶段,即:

一、欧洲阶段，比较文学的成形期；二、美洲阶段，比较文学的转型期；三、亚洲阶段，比较文学的拓展期。我们将比较文学三个阶段的发展称之为"涟漪式"结构，实际上是揭示了比较文学学科理论的继承与创新的辩证关系：比较文学学科理论的发展，不是以新的理论否定和取代先前的理论，而是层叠式、累进式地形成"涟漪"式的包容性发展模式，逐步积累推进。比较文学学科理论发展呈现为层叠式、"涟漪"式、包容式的发展模式。我们把这个模式描绘如下：

法国学派主张比较文学是国际文学关系，是不同国家文学的影响关系。形成学科理论第一圈层：比较文学——影响研究；美国学派主张恢复平行比较，形成学科理论第二圈层：比较文学——影响研究＋平行研究＋跨学科研究；中国学派提出跨文明研究和变异研究，形成学科理论第三圈层：比较文学——影响研究＋平行研究＋跨学科研究＋跨文明研究＋变异研究。这三个圈层并不互相排斥和否定，而是继承和包容。我们将比较文学三个阶段的发展称之为层叠式、"涟漪"式、包容式结构，实际上是揭示了比较文学学科理论的继承与创新的辩证关系。

法国学派提出，可比性的第一个立足点是同源性，由关系构成的同源性。同源性主要是针对影响关系研究而言的。法国学派将同源性视作可比性的核心，认为影响研究的可比性是同源性。所谓同源性，指的是通过对不同国家、不同民族和不同语言的文学的文学关系研究，寻求一种有事实联系的同源关系，这种影响的同源关系可以通过直接、具体的材料得以证实。同源性往往建立在一条可追溯关系的三点一线的"影响路线"之上，这条路线由发送者、接受者和传递者三部分构成。如果没有相同的源流，也就不可能有影响关系，也就谈不上可比性，这就是"同源性"。以渊源学、流传学和媒介学作为研究的中心，依靠具体的事实材料在国别文学之间寻求主题、题材、文体、原型、思想渊源等方面的同源影响关系。注重事实性的关联和渊源性的影响，并采用严谨的实证方法，重视对史料的搜集和求证，具有重要的学术价值与学术意义，仍然具有广阔的研究前景。渊源学的例子：杨宪益，《西方十四行诗的渊源》。

比较文学学科理论的第二阶段在美洲，第二阶段是比较文学学科理论的转型期。从 20 世纪 60 年代以来，比较文学研究的主要阵地逐渐从法国转向美国，平行研究的可比性是什么？是类同性。类同性是指是没有文学影响关系的不同国家文学所表现出的相似和契合之处。以类同性为基本立足点的平行研究与影响研究一样都是超出国界的文学研究，但它不涉及影响关系研究的放送、流传、媒介等问题。平行研究强调不同国家的作家、作品、文学现象的类同比较，比较结果是总结出于文学作品的美学价值及文学发展具有规律性的东西。其比较必须具有可比性，这个可比性就是类同性。研究文学中类同的：风格、结构、内容、形式、流派、情节、技巧、手法、情调、形象、主题、文类、文学思潮、文学理论、文学规律。例如钱钟书《通感》认为，中国诗文有一种描写手法，古代批评家和修辞学家似乎都没有拈出。宋祁《玉楼春》词有句名句："红杏枝头春意闹。"这与西方的通感描写手法可以比较。

比较文学的又一次危机：比较文学的死亡

九十年代，欧美学者提出，比较文学作为一门学科已经死亡！最早是英国学者苏珊·巴斯奈特 1993 年她在《比较文学》一书中提出了比较文学的死亡论，认为比较文学作为一门学科，在某种意义上已经死亡。尔后，美国学者斯皮瓦克写了一部比较文学专著，书名就叫《一个学科的死亡》。为什么比较文学会死亡，斯皮瓦克的书中并没有明确回答！为什么西方学者会提出比较文学死亡论？全世界比较文学界都十分困惑。我们认为，20 世纪 90 年代以来，欧美比较文学继"理论热"之后，又出现了大规模的"文化转向"。脱离了比较文学的基本立场。首先是不比较，即不讲比较文学的可比性问题。西方比较文学研究充斥大量的 Culture Studies（文化研究），已经不考虑比较的合理性，不考虑比较文学的可比性问题。第二是不文学，即不关心文学问题。西方学者热衷于文化研究，关注的已经不是文学性，而是精神分析、政治、性别、阶级、结构等等。最根本的原因，是比较文学学科长期囿于西方中心论，有意无意地回避东西方不同文明文学的比较问题，基本上忽略了学科理论的新生长点，比较文学学科理论缺乏创新，严重忽略了比较文学的差异性和变异性。

要克服比较文学的又一次危机，就必须打破西方中心论，克服比较文学学科理论一味求同的比较文学学科理论模式，提出适应当今全球化比较文学研究的新话语。中国学派，正是在此次危机中，提出了比较文学变异学研究，总结出了新的学科理论话语和一套新的方法论。

中国大陆第一部比较文学概论性著作是卢康华、孙景尧所著《比较文学导论》，该书指出："什么是比较文学？现在我们可以借用我国学者季羡林先生的解释来回答了：'顾名思义，比较文学就是把不同国家的文学拿出来比较，这可以说是狭义的比较文学。广义的比较文学是把文学同其他学科来比较，包括人文科学和社会科学'。"[1]这个定义可以说是美国雷马克定义的翻版。不过，该书又接着指出："我们认为最精炼易记的还是我国学者钱钟书先生的说法：'比较文学作为一门专门学科，则专指跨越国界和语言界限的文学比较'。更具体地说，就是把不同国家不同语言的文学现象放在一起进行比较，研究他们在文艺理论、文学思潮，具体作家、作品之间的互相影响。"[2]这个定义似乎更接近法国学派的定义，没有强调平行比较与跨学科比较。紧接该书之后的教材是陈挺的《比较文学简编》，该书仍旧以"广义"与"狭义"来解释比较文学的定义，指出："我们认为，通常说的比较文学是狭义的，即指超越国家、民族和语言界限的文学研究……广义的比较文学还可以包括文学与其他艺术（音乐、绘画等）与其他意识形态（历史、哲学、政治、宗教等）之间的相互关系的研究。"[3]中国比较文学早期对于比较文学的定义中凸显了很强的不确定性。

由乐黛云主编，高等教育出版社 1988 年的《中西比较文学教程》，则对比较文学定义有了较为深入的认识，该书在详细考查了中外不同的定义之后，该书指出："比较文学不应受到语言、民族、国家、学科等限制，而要走向一种开放性，力图寻求世界文学发展的共同规律。"[4]"世界文学"概念的纳入极大拓宽了比较文学的内涵，为"跨文化"定义特征的提出做好了铺垫。

随着时间的推移，学界的认识逐步深化。1997 年，陈惇、孙景尧、谢天振主编的《比较文学》提出了自己的定义："把比较文学看作跨民族、跨语言、跨文化、跨学科的文学研究，更符合比较文学的实质，更能反映现阶段人们对于比较文学的认识。"[5]2000 年北京师范大学出版社出版了《比较文学概论》修订本，提出："什么是比较文学呢？比较文学是一种开放式的文学研究，它具有宏观的视野和国际的角度，以跨民族、跨语言、跨文化、跨学科界限的各种文学关系为研究对象，在理论和方法上，具有比较的自觉意识和兼容并包的特色。"[6]这是我们目前所看到的国内较有特色的一个定义。

---

1 卢康华、孙景尧著《比较文学导论》，黑龙江人民出版社 1984，第 15 页。
2 卢康华、孙景尧著《比较文学导论》，黑龙江人民出版社 1984 年版。
3 陈挺《比较文学简编》，华东师范大学出版社 1986 年版。
4 乐黛云主编《中西比较文学教程》，高等教育出版社 1988 年版。
5 陈惇、孙景尧、谢天振主编《比较文学》，高等教育出版社 1997 年版。
6 陈惇、刘象愚《比较文学概论》，北京师范大学出版社 2000 年版。

具有代表性的比较文学定义是 2002 年出版的杨乃乔主编的《比较文学概论》一书，该书的定义如下："比较文学是以跨民族、跨语言、跨文化与跨学科为比较视域而展开的研究，在学科的成立上以研究主体的比较视域为安身立命的本体，因此强调研究主体的定位，同时比较文学把学科的研究客体定位于民族文学之间与文学及其他学科之间的三种关系：材料事实关系、美学价值关系与学科交叉关系，并在开放与多元的文学研究中追寻体系化的汇通。"[7]方汉文则认为："比较文学作为文学研究的一个分支学科，它以理解不同文化体系和不同学科间的同一性和差异性的辩证思维为主导，对那些跨越了民族、语言、文化体系和学科界限的文学现象进行比较研究，以寻求人类文学发生和发展的相似性和规律性。"[8]由此而引申出的"跨文化"成为中国比较文学学者对于比较文学定义所做出的历史性贡献。

我在《比较文学教程》中对比较文学定义表述如下："比较文学是以世界性眼光和胸怀来从事不同国家、不同文明和不同学科之间的跨越式文学比较研究。它主要研究各种跨越中文学的同源性、变异性、类同性、异质性和互补性，以影响研究、变异研究、平行研究、跨学科研究、总体文学研究为基本方法论，其目的在于以世界性眼光来总结文学规律和文学特性，加强世界文学的相互了解与整合，推动世界文学的发展。"[9]在这一定义中，我再次重申"跨国""跨学科""跨文明"三大特征，以"变异性""异质性"突破东西文明之间的"第三堵墙"。

"首在审己，亦必知人"。中国比较文学学者在前人定义的不断论争中反观自身，立足中国经验、学术传统，以中国学者之言为比较文学的危机处境贡献学科转机之道。

三、两岸共建比较文学话语——比较文学中国学派

中国学者对于比较文学定义的不断明确也促成了"比较文学中国学派"的生发。得益于两岸几代学者的垦拓耕耘，这一议题成为近五十年来中国比较文学发展中竖起的最鲜明、最具争议性的一杆大旗，同时也是中国比较文学学科理论研究最有创新性，最亮丽的一道风景线。

---

7 杨乃乔主编《比较文学概论》，北京大学出版社 2002 年版。
8 方汉文《比较文学基本原理》，苏州大学出版社 2002 年版。
9 曹顺庆《比较文学教程》，高等教育出版社 2006 年版。

　　比较文学"中国学派"这一概念所蕴含的理论的自觉意识最早出现的时间大约是 20 世纪 70 年代。当时的台湾由于派出学生留洋学习，接触到大量的比较文学学术动态，率先掀起了中外文学比较的热潮。1971 年 7 月在台湾淡江大学召开的第一届"国际比较文学会议"上，朱立元、颜元叔、叶维廉、胡辉恒等学者在会议期间提出了比较文学的"中国学派"这一学术构想。同时，李达三、陈鹏翔（陈慧桦）、古添洪等致力于比较文学中国学派早期的理论催生。如 1976 年，古添洪、陈慧桦出版了台湾比较文学论文集《比较文学的垦拓在台湾》。编者在该书的序言中明确提出："我们不妨大胆宣言说，这援用西方文学理论与方法并加以考验、调整以用之于中国文学的研究，是比较文学中的中国派"[10]。这是关于比较文学中国学派较早的说明性文字，尽管其中提到的研究方法过于强调西方理论的普世性，而遭到美国和中国大陆比较文学学者的批评和否定；但这毕竟是第一次从定义和研究方法上对中国学派的本质进行了系统论述，具有开拓和启明的作用。后来，陈鹏翔又在台湾《中外文学》杂志上连续发表相关文章，对自己提出的观点作了进一步的阐释和补充。

　　在"中国学派"刚刚起步之际，美国学者李达三起到了启蒙、催生的作用。李达三于 60 年代来华在台湾任教，为中国比较文学培养了一批朝气蓬勃的生力军。1977 年 10 月，李达三在《中外文学》6 卷 5 期上发表了一篇宣言式的文章《比较文学中国学派》，宣告了比较文学的中国学派的建立，并认为比较文学中国学派旨在"与比较文学中早已定于一尊的西方思想模式分庭抗礼。由于这些观念是源自对中国文学及比较文学有兴趣的学者，我们就将含有这些观念的学者统称为比较文学的'中国'学派。"并指出中国学派的三个目标：1、在自己本国的文学中，无论是理论方面或实践方面，找出特具"民族性"的东西，加以发扬光大，以充实世界文学；2、推展非西方国家"地区性"的文学运动，同时认为西方文学仅是众多文学表达方式之一而已；3、做一个非西方国家的发言人，同时并不自诩能代表所有其他非西方的国家。李达三后来又撰文对比较文学研究状况进行了分析研究，积极推动中国学派的理论建设。[11]

　　继中国台湾学者垦拓之功，在 20 世纪 70 年代末复苏的大陆比较文学研

---

10 古添洪、陈慧桦《比较文学的垦拓在台湾》，台湾东大图书公司 1976 年版。
11 李达三《比较文学研究之新方向》，台湾联经事业出版公司 1978 年版。

究亦积极参与了"比较文学中国学派"的理论建设和学科建设。

季羡林先生 1982 年在《比较文学译文集》的序言中指出:"以我们东方文学基础之雄厚,历史之悠久,我们中国文学在其中更占有独特的地位,只要我们肯努力学习,认真钻研,比较文学中国学派必然能建立起来,而且日益发扬光大"[12]。1983 年 6 月,在天津召开的新中国第一次比较文学学术会议上,朱维之先生作了题为《比较文学中国学派的回顾与展望》的报告,在报告中他旗帜鲜明地说:"比较文学中国学派的形成(不是建立)已经有了长远的源流,前人已经做出了很多成绩,颇具特色,而且兼有法、美、苏学派的特点。因此,中国学派绝不是欧美学派的尾巴或补充"[13]。1984 年,卢康华、孙景尧在《比较文学导论》中对如何建立比较文学中国学派提出了自己的看法,认为应当以马克思主义作为自己的理论基础,以我国的优秀传统与民族特色为立足点与出发点,汲取古今中外一切有用的营养,去努力发展中国的比较文学研究。同年在《中国比较文学》创刊号上,朱维之、方重、唐弢、杨周翰等人认为中国的比较文学研究应该保持不同于西方的民族特点和独立风貌。1985 年,黄宝生发表《建立比较文学的中国学派:读〈中国比较文学〉创刊号》,认为《中国比较文学》创刊号上多篇讨论比较文学中国学派的论文标志着大陆对比较文学中国学派的探讨进入了实际操作阶段。[14]1988 年,远浩一提出"比较文学是跨文化的文学研究"(载《中国比较文学》1988 年第 3 期)。这是对比较文学中国学派在理论特征和方法论体系上的一次前瞻。同年,杨周翰先生发表题为"比较文学:界定'中国学派',危机与前提"(载《中国比较文学通讯》1988 年第 2 期),认为东方文学之间的比较研究应当成为"中国学派"的特色。这不仅打破比较文学中的欧洲中心论,而且也是东方比较学者责无旁贷的任务。此外,国内少数民族文学的比较研究,也应该成为"中国学派"的一个组成部分。所以,杨先生认为比较文学中的大量问题和学派问题并不矛盾,相反有助于理论的讨论。1990 年,远浩一发表"关于'中国学派'"(载《中国比较文学》1990 年第 1 期),进一步推进了"中国学派"的研究。此后直到 20 世纪 90 年代末,中国学者就比较文学中国学派的建立、理论与方法以及相应的学科理论等诸多问题进行了积极而富有成效的探讨。

---

12 张隆溪《比较文学译文集》,北京大学出版社 1984 年版。
13 朱维之《比较文学论文集》,南开大学出版社 1984 年版。
14 参见《世界文学》1985 年第 5 期。

刘介民、远浩一、孙景尧、谢天振、陈淳、刘象愚、杜卫等人都对这些问题付出过不少努力。《暨南学报》1991年第3期发表了一组笔谈，大家就这个问题提出了意见，认为必须打破比较文学研究中长期存在的法美研究模式，建立比较文学中国学派的任务已经迫在眉睫。王富仁在《学术月刊》1991年第4期上发表"论比较文学的中国学派问题"，论述中国学派兴起的必然性。而后，以谢天振等学者为代表的比较文学研究界展开了对"X+Y"模式的批判。比较文学在大陆复兴之后，一些研究者采取了"X+Y"式的比附研究的模式，在发现了"惊人的相似"之后便万事大吉，而不注意中西巨大的文化差异性，成为了浅度的比附性研究。这种情况的出现，不仅是中国学者对比较文学的理解上出了问题，也是由于法美学派研究理论中长期存在的研究模式的影响，一些学者并没有深思中国与西方文学背后巨大的文明差异性，因而形成"X+Y"的研究模式，这更促使一些学者思考比较文学中国学派的问题。

经过学者们的共同努力，比较文学中国学派一些初步的特征和方法论体系逐渐凸显出来。1995年，我在《中国比较文学》第1期上发表《比较文学中国学派基本理论特征及其方法论体系初探》一文，对比较文学在中国复兴十余年来的发展成果作了总结，并在此基础上总结出中国学派的理论特征和方法论体系，对比较文学中国学派作了全方位的阐述。继该文之后，我又发表了《跨越第三堵'墙'创建比较文学中国学派理论体系》等系列论文，论述了以跨文化研究为核心的"中国学派"的基本理论特征及其方法论体系。这些学术论文发表之后在国内外比较文学界引起了较大的反响。台湾著名比较文学学者古添洪认为该文"体大思精，可谓已综合了台湾与大陆两地比较文学中国学派的策略与指归，实可作为'中国学派'在大陆再出发与实践的蓝图"[15]。

在我撰文提出比较文学中国学派的基本特征及方法论体系之后，关于中国学派的论争热潮日益高涨。反对者如前国际比较文学学会会长佛克马（Douwe Fokkema）1987年在中国比较文学学会第二届学术讨论会上就从所谓的国际观点出发对比较文学中国学派的合法性提出了质疑，并坚定地反对建立比较文学中国学派。来自国际的观点并没有让中国学者失去建立比较文学中国学派的热忱。很快中国学者智量先生就在《文艺理论研究》1988年第

---

15 古添洪《中国学派与台湾比较文学界的当前走向》，参见黄维梁编《中国比较文学理论的垦拓》167页，北京大学出版社1998年版。

1 期上发表题为《比较文学在中国》一文，文中援引中国比较文学研究取得的成就，为中国学派辩护，认为中国比较文学研究成绩和特色显著，尤其在研究方法上足以与比较文学研究历史上的其他学派相提并论，建立中国学派只会是一个有益的举动。1991 年，孙景尧先生在《文学评论》第 2 期上发表《为"中国学派"一辩》，孙先生认为佛克马所谓的国际主义观点实质上是"欧洲中心主义"的观点，而"中国学派"的提出，正是为了清除东西方文学与比较文学学科史中形成的"欧洲中心主义"。在 1993 年美国印第安纳大学举行的全美比较文学会议上，李达三仍然坚定地认为建立中国学派是有益的。二十年之后，佛克马教授修正了自己的看法，在 2007 年 4 月的"跨文明对话——国际学术研讨会（成都）"上，佛克马教授公开表示欣赏建立比较文学中国学派的想法[16]。即使学派争议一派繁荣景象，但最终仍旧需要落点于学术创见与成果之上。

比较文学变异学便是中国学派的一个重要理论创获。2005 年，我正式在《比较文学学》[17]中提出比较文学变异学，提出比较文学研究应该从"求同"思维中走出来，从"变异"的角度出发，拓宽比较文学的研究。通过前述的法、美学派学科理论的梳理，我们也可以发现前期比较文学学科是缺乏"变异性"研究的。我便从建构中国比较文学学科理论话语体系入手，立足《周易》的"变异"思想，建构起"比较文学变异学"新话语，力图以中国学者的视角为全世界比较文学学科理论提供一个新视角、新方法和新理论。

比较文学变异学的提出根植于中国哲学的深层内涵，如《周易》之"易之三名"所构建的"变易、简易、不易"三位一体的思辨意蕴与意义生成系统。具体而言，"变易"乃四时更替、五行运转、气象畅通、生生不息；"不易"乃天上地下、君南臣北、纲举目张、尊卑有位；"简易"则是乾以易知、坤以简能、易则易知、简则易从。显然，在这个意义结构系统中，变易强调"变"，不易强调"不变"，简易强调变与不变之间的基本关联。万物有所变，有所不变，且变与不变之间存在简单易从之规律，这是一种思辨式的变异模式，这种变异思维的理论特征就是：天人合一、物我不分、对立转化、整体关联。这是中国古代哲学最重要的认识论，也是与西方哲学所不同的"变异"思想。

---

16 见《比较文学报》2007 年 5 月 30 日，总第 43 期。

17 曹顺庆《比较文学学》，四川大学出版社 2005 年版。

由哲学思想衍生于学科理论，比较文学变异学是"指对不同国家、不同文明的文学现象在影响交流中呈现出的变异状态的研究，以及对不同国家、不同文明的文学相互阐发中出现的变异状态的研究。通过研究文学现象在影响交流以及相互阐发中呈现的变异，探究比较文学变异的规律。"[18]变异学理论的重点在求"异"的可比性，研究范围包含跨国变异研究、跨语际变异研究、跨文化变异研究、跨文明变异研究、文学的他国化研究等方面。比较文学变异学所发现的文化创新规律、文学创新路径是基于中国所特有的术语、概念和言说体系之上探索出的"中国话语"，作为比较文学第三阶段中国学派的代表性理论已经受到了国际学界的广泛关注与高度评价，中国学术话语产生了世界性影响。

四、国际视野中的中国比较文学

文明之墙让中国比较文学学者所提出的标识性概念获得国际视野的接纳、理解、认同以及运用，经历了跨语言、跨文化、跨文明的多重关卡，国际视野下的中国比较文学书写亦经历了一个从"遍寻无迹""只言片语"而"专篇专论"，从最初的"话语乌托邦"至"阶段性贡献"的过程。

二十世纪六十年代以来港台学者致力于从课程教学、学术平台、人才培养，国内外学术合作等方面巩固比较文学这一新兴学科的建立基石，如淡江文理学院英文系开设的"比较文学"（1966），香港大学开设的"中西文学关系"（1966）等课程；台湾大学外文系主编出版之《中外文学》月刊、淡江大学出版之《淡江评论》季刊等比较文学研究专刊；后又有台湾比较文学学会（1973 年）、香港比较文学学会（1978）的成立。在这一系列的学术环境构建下，学者前贤以"中国学派"为中国比较文学话语核心在国际比较文学学科理论、方法论中持续探讨，率先启声。例如李达三在 1980 年香港举办的东西方比较文学学术研讨会成果中选取了七篇代表性文章，以 *Chinese-Western Comparative Literature: Theory and Strategy* 为题集结出版，[19]并在其结语中附上那篇"中国学派"宣言文章以申明中国比较文学建立之必要。

学科开山之际，艰难险阻之巨难以想象，但从国际学者相关言论中可见西方对于中国比较文学学科的发展抱有的希望渺小。厄尔·迈纳（Earl Miner）

---

18 曹顺庆主编《比较文学概论》，高等教育出版社 2015 年版。

19 *Chinese-Western Comparative Literature：Theory & Strategy*，Chinese Univ Pr.1980-6

在 1987 年发表的 *Some Theoretical and Methodological Topics for Comparative Literature* 一文中谈到当时西方的比较文学鲜有学者试图将非西方材料纳入西方的比较文学研究中。(until recently there has been little effort to incorporate non-Western evidence into Western com- parative study.) 1992 年，斯坦福大学教授 David Palumbo-Liu 直接以《话语的乌托邦：论中国比较文学的不可能性》为题（*The Utopias of Discourse: On the Impossibility of Chinese Comparative Literature*）直言中国比较文学本质上是一项"乌托邦"工程。(My main goal will be to show how and why the task of Chinese comparative literature, particularly of pre-modern literature, is essentially a *utopian* project.) 这些对于中国比较文学的诘难与质疑，今美国加州大学圣地亚哥分校文学系主任张英进教授在其 1998 编著的 *China in a polycentric world: essays in Chinese comparative literature* 前言中也不得不承认中国比较文学研究在国际学术界中仍然处于边缘地位（The fact is, however, that Chinese comparative literature remained marginal in academia, even though it has developed closely with the rest of literary studies in the United Stated and even though China has gained increasing importance in the geopolitical world order over the past decades.）。[20] 但张英进教授也展望了下一个千年中国比较文学研究的蓝景。

新的千年新的气象，"世界文学""全球化"等概念的冲击下，让西方学者开始注意到东方，注意到中国。如普渡大学教授斯蒂文·托托西（Tötösy de Zepetnek, Steven）1999 年发长文 *From Comparative Literature Today Toward Comparative Cultural Studies* 阐明比较文学研究更应该注重文化的全球性、多元性、平等性而杜绝等级划分的参与。托托西教授注意到了在法德美所谓传统的比较文学研究重镇之外，例如中国、日本、巴西、阿根廷、墨西哥、西班牙、葡萄牙、意大利、希腊等地区，比较文学学科得到了出乎意料的发展（emerging and developing strongly）。在这篇文章中，托托西教授列举了世界各地比较文学研究成果的著作，其中中国地区便是北京大学乐黛云先生出版的代表作品。托托西教授精通多国语言，研究视野也常具跨越性，新世纪以来也致力于以跨越性的视野关注世界各地比较文学研究的动向。[21]

---

20 Moran T . Yingjin Zhang, Ed. China in a Polycentric World: Essays in Chinese Comparative Literature[J].现代中文文学学报,2000,4(1):161-165.

21 Tötösy de Zepetnek, Steven. "From Comparative Literature Today Toward Comparative Cultural Studies." CLCWeb: Comparative Literature and Culture 1.3 (1999):

以上这些国际上不同学者的声音一则质疑中国比较文学建设的可能性，一则观望着这一学科在非西方国家的复兴样态。争议的声音不仅在国际学界，国内学界对于这一新兴学科的全局框架中涉及的理论、方法以及学科本身的立足点，例如前文所说的比较文学的定义，中国学派等等都处于持久论辩的漩涡。我们也通晓如果一直处于争议的漩涡中，便会被漩涡所吞噬，只有将论辩化为成果，才能转漩涡为涟漪，一圈一圈向外辐射，国际学人也在等待中国学者自己的声音。

上海交通大学王宁教授作为中国比较文学学者的国际发声者自 20 世纪末至今已撰文百余篇，他直言，全球化给西方学者带来了学科死亡论，但是中国比较文学必将在这全球化语境中更为兴盛，中国的比较文学学者一定会对国际文学研究做出更大的贡献。新世纪以来中国学者也不断地将自身的学科思考成果呈现在世界之前。2000 年，北京大学周小仪教授发文（*Comparative Literature in China*）[22]率先从学科史角度构建了中国比较文学在两个时期（20世纪 20 年代至 50 年代，70 年代至 90 年代）的发展概貌，此文关于中国比较文学的复兴崛起是源自中国文学现代性的产生这一观点对美国芝加哥大学教授苏源熙（Haun Saussy）影响较深。苏源熙在 2006 年的专著 *Comparative Literature in an Age of Globalization* 中对于中国比较文学的讨论篇幅极少，其中心便是重申比较文学与中国文学现代性的联系。这篇文章也被哈佛大学教授大卫·达姆罗什（David Damrosch）收录于《普林斯顿比较文学资料手册》（*The Princeton Sourcebook in Comparative Literature*，2009[23]）。类似的学科史介绍在英语世界与法语世界都接续出现，以上大致反映了中国学者对于中国比较文学研究的大概描述在西学界的接受情况。学科史的构架对于国际学术对中国比较文学发展脉络的把握很有必要，但是在此基础上的学科理论实践才是关系于中国比较文学学科国际性发展的根本方向。

我在 20 世纪 80 年代以来 40 余年间便一直思考比较文学研究的理论构建问题，从以西方理论阐释中国文学而造成的中国文艺理论"失语症"思考

22 Zhou, Xiaoyi and Q.S. Tong, "Comparative Literature in China", Comparative Literature and Comparative Cultural Studies, ed., Totosy de Zepetnek, West Lafayette, Indiana: Purdue University Press, 2003, 268-283.

23 Damrosch, David (EDT)*The Princeton Sourcebook in Comparative Literature*: Princeton University Press

属于中国比较文学自身的学科方法论，从跨异质文化中产生的"文学误读""文化过滤""文学他国化"提出"比较文学变异学"理论。历经 10 年的不断思考，2013 年，我的英文著作：*The Variation Theory of Comparative Literature*（《比较文学变异学》），由全球著名的出版社之一斯普林格（Springer）出版社出版，并在美国纽约、英国伦敦、德国海德堡出版同时发行。*The Variation Theory of Comparative Literature*（《比较文学变异学》）系统地梳理了比较文学法国学派与美国学派研究范式的特点及局限，首次以全球通用的英语语言提出了中国比较文学学科理论新话语："比较文学变异学"。这一新概念、新范畴和新表述，引导国际学术界展开了对变异学的专刊研究（如普渡大学创办刊物《比较文学与文化》2017 年 19 期）和讨论。

欧洲科学院院士、西班牙圣地亚哥联合大学让·莫内讲席教授、比较文学系教授塞萨尔·多明戈斯教授（Cesar Dominguez），及美国科学院院士、芝加哥大学比较文学教授苏源熙（Haun Saussy）等学者合著的比较文学专著（Introducing Comparative literature: New Trends and Applications[24]）高度评价了比较文学变异学。苏源熙引用了《比较文学变异学》（英文版）中的部分内容，阐明比较文学变异学是十分重要的成果。与比较文学法国学派和美国学派形成对比，曹顺庆教授倡导第三阶段理论，即，新奇的、科学的中国学派的模式，以及具有中国学派本身的研究方法的理论创新与中国学派"（《比较文学变异学》（英文版）第 43 页）。通过对"中西文化异质性的"跨文明研究"，曹顺庆教授的看法会更进一步的发展与进步（《比较文学变异学》（英文版）第 43 页），这对于中国文学理论的转化和西方文学理论的意义具有十分重要的价值。（"Another important contribution in the direction of an imparative comparative literature-at least as procedure-is Cao Shunqing's 2013 *The Variation Theory of Comparative Literature*. In contrast to the "French School" and "American School" of comparative Literature, Cao advocates a "third-phrase theory", namely, "a novel and scientific mode of the Chinese school," a "theoretical innovation and systematization of the Chinese school by relying on our *own* methods" (*Variation Theory* 43; emphasis added). From this etic beginning, his proposal moves forward emically by developing a "cross-civilizaional study on the heterogeneity between

---

24 Cesar Dominguez,Haun Saussy,Dario Villanueva Introducing Comparative literature: New Trends and Applications，Routledge,2015

Chinese and Western culture"(43), which results in both the foreignization of Chinese literary theories and the Signification of Western literary theories.）

法国索邦大学（Sorbonne University）比较文学系主任伯纳德·弗朗科（Bernard Franco）教授在他出版的专著（《比较文学：历史、范畴与方法》）*La littératurecomparée: Histoire, domaines, méthodes* 中以专节引述变异学理论，他认为曹顺庆教授提出了区别于影响研究与平行研究的"第三条路"，即"变异理论"，这对应于观点的转变，从"跨文化研究"到"跨文明研究"。变异理论基于不同文明的文学体系相互碰撞为形式的交流过程中以产生新的文学元素，曹顺庆将其定义为"研究不同国家的文学现象所经历的变化"。因此曹顺庆教授提出的变异学理论概述了一个新的方向，并展示了比较文学在不同语言和文化领域之间建立多种可能的桥梁。（Il évoque l'hypothèse d'une troisième voie, la « théorie de la variation », qui correspond à un déplacement du point de vue, de celui des « études interculturelles » vers celui des « études transcivilisationnelles . » Cao Shunqing la définit comme « l'étude des variations subies par des phénomènes littéraires issus de différents pays, avec ou sans contact factuel, en même temps que l'étude comparative de l'hétérogénéité et de la variabilité de différentes expressions littéraires dans le même domaine ».Cette hypothèse esquisse une nouvelle orientation et montre la multiplicité des passerelles possibles que la littérature comparée établit entre domaines linguistiques et culturels différents.) [25]。

美国哈佛大学（Harvard University）厄内斯特·伯恩鲍姆讲席教授、比较文学教授大卫·达姆罗什（David Damrosch）对该专著尤为关注。他认为《比较文学变异学》（英文版）以中国视角呈现了比较文学学科话语的全球传播的有益尝试。曹顺庆教授对变异的关注提供了较为适用的视角，一方面超越了亨廷顿式简单的文化冲突模式，另一方面也跨越了同质性的普遍化。[26]国际学界对于变异学理论的关注已经逐渐从其创新性价值探讨延伸至文学研究，例如斯蒂文·托托西近日在 *Cultura* 发表的（Peripheralities: "Minor" Literatures, Women's Literature, and Adrienne Orosz de Csicser's Novels）一文中便成功地将变异学理论运用于阿德里安·奥罗兹的小说研究中。

---

25 Bernard Franco La littérraturecomparée: Histoire, domaines, méthodes，Armand Colin 2016.

26 David Damrosch Comparing the Literatures,Literary Studies in a Global Age,Princeton University Press,2020.

　　国际学界对于比较文学变异学的认可也证实了变异学作为一种普遍性理论提出的初衷，其合法性与适用性将在不同文化的学者实践中巩固、拓展与深化。它不仅仅是跨文明研究的方法，而是一种具有超越影响研究和平行研究，超越西方视角或东方视角的宏大视野、一种建立在文化异质性和变异性基础之上的融汇创生、一种追求世界文学和总体问题最终理想的哲学关怀。

　　以如此篇幅展现中国比较文学之况，是因为中国比较文学研究本就是在各种危机论、唱衰论的压力下，各种质疑论、概念论中艰难前行，不探源溯流难以体察今日中国比较文学研究成果之不易。文明的多样性发展离不开文明之间的交流互鉴。最具"跨文明"特征的比较文学学科更需要文明之间成果的共享、共识、共析与共赏，这是我们致力于比较文学研究领域的学术理想。

　　千里之行，不积跬步无以至，江海之阔，不积细流无以成！如此宏大的一套比较文学研究丛书得承花木兰总编辑杜洁祥先生之宏志，以及该公司同仁之辛劳，中国比较文学学者之鼎力相助，才可顺利集结出版，在此我要衷心向诸君表达感谢！中国比较文学研究仍有一条长远之途需跋涉，期以系列丛书一展全貌，愿读者诸君敬赐高见！

曹顺庆

二零二一年十月二十三日于成都锦丽园

目

次

上　编

引言　诗歌与绘画的转换理论

　　诗画之间的互动, 自古以来就受到学者们的注视。朱光潜先生指出: "希腊诗人西摩尼德斯所说的'画是一种无声的诗, 诗是一种有声的画', 已替诗画一致说奠定了基础。接着拉丁诗人贺拉斯在《诗艺》里所提出的'画如此, 诗亦然', 在后来长时期里成为文艺理论家们一句习用的口头禅。在十七、十八世纪新古典主义的影响之下, 诗画一致说几乎变成一种天经地义。公元前一世纪的罗马诗人贺拉斯［Horace］（65-8BC）那句'诗如此, 画亦然'［ut pictura poesis］则构成了十六世纪中期和十八世纪中期有关诗画关系讨论的基点。"[1]朱光潜先生概述了西方诗画之间互动的历史。无论是探讨诗画分界, 还是解析诗画的关联, 一直以来似乎忽视了诗画之间的互动转换这一事实。英国学者罗伊·阿斯科特在《未来就是现在——技术 艺术 意识》一书中说: "相比传统艺术将重心放在对象的外表和其所代表的含义, 今天的艺术关心的是互动、转换和出现的过程。"[2]这句看似不经意的观点, 却话包含着一个重要的预告性的信息, 即当代艺术研究正在转型, 传统艺术注重形式与意义的研究, 现代艺术研究更要关注不同艺术之间如何互动、转换以及艺术的呈现。德国学者艾利卡·费舍尔·李希特也持相似的观点, 他指出: "然而, 在过去的几十年里, 我们看到了一种趋势, 即基于艺术内部的新发展, 模糊了这些传统艺术学科之间的界限。在这方面有两个特别突出的表现: 第一, 不同艺术形式之间的界限日益消失, 即, 在电影、戏剧、舞

1　［德］莱辛,《拉奥孔》, 朱光潜译, 商务印书馆, 2016 年, 216 页。
2　［英］罗伊·阿斯科特,《未来就是现在——技术 艺术 意识》, 袁小潆译, 金城出版社, 2012 年, 94 页。

蹈、表演、视觉艺术、音乐和文学之间；艺术与非艺术在政治、经济、新媒体、体育、宗教和日常实践等领域的融合。这两种倾向都在各自的研究主题上改变了艺术研究，并对其方法和理论提出了挑战。"[3]上述两位学者敏锐地发现艺术的新变化新发展，这些新的趋势促使艺术研究也发生相应改变。尤其是跨艺术研究方兴未艾，关注研究不同艺术之间的转换成为未来一个重要的领域。

　　艺术被人感知，主要是它作用人的眼睛和耳朵，看和听为主要途径。因此，艺术可归为两类，即视觉艺术与听觉艺术。视觉艺术包括文学、绘画、舞蹈、雕塑、摄影、建筑、影视，听觉艺术主要是音乐。约翰·哥特弗里特·赫尔德在《文学与图像》一书中指出："在普罗泰戈拉看来，看和听能够非常明显而又直接地将来自模糊的感官世界的对象提交给心灵；由于人类拥有以语言保留和展示这些对象的技艺，因此人类的认知与观念世界，特别是来源于那些看和听的事物不但能够构成语言，而且甚至从最遥远的源头上揭示了语言的起源。正是基于这一原因，甚至连心灵的刹那的触动都被认为是起源于看和听，并因此而被命名为直觉与观念、幻想与图像、表现与对象，以及除此之外的各种其他名称。"[4]这段引文提示人们，看和听不仅是语言的起源，甚至是万物的起源。不同艺术之间的转换是常见的艺术现象，比如，有的诗人看到一幅画，突发灵感根据画创作了一首诗或者一首乐曲等。但是，绘画怎样转换为诗歌？有没有转换的原理和机制？如果有，这种原理和机制如何运作？跨艺术比较应该是研究艺术之间如何转换的理论与方法。跨艺术比较的理论根基也应当有视觉理论和听觉理论的依据。但是，视觉理论和听觉理论如何解释艺术之间的转换是一个棘手的问题。何谓艺术转换？即是从一种艺术改写转换为另一种艺术。从诗歌到绘画，是动态描述向静态呈现的转换，这个过程受绘画艺术的限制，只能选取诗歌的场景或片断瞬间来表达。复杂的叙事描述似乎变为简单的呈现。选择表现什么样的瞬间片刻或场景主要取决于画家对诗歌的读解。反过来，从绘画转换为诗歌时，转换的手段方式主要是再现。诗人观赏画作产生联想想象根据自己对画作的理解，用文字展现画面或者表现画家心理体验以及作画的精神状态。这个双向互动的过程其实

3　Erika Fischer-lichte.Introduction: From Comparative Art to Interart studies. Paragrana 25 (2016) 2.

4　［德］约翰·哥特弗里特·赫尔德，《文学与图像》，李永新译，《文学与图像》微信公众。

是探索艺术之间如何转换的中间地带，也是一个尚待阐释的空白地带。读诗与看画，读画诗与写诗画，这两种互动方式成为诗歌与绘画转换考察逻辑起点。

虽然艺术之间的互动转换是一个常见的现象和复杂的问题，但是也有理论踪迹可寻。图像学、互文性、符号学或视觉艺术以及精神分析学等理论可为诗画转换研究提供理论借鉴。本文尝试从以下几种理论，分析探讨诗画转换的学理性及其理论建构的可能性。

一、诗画转换的图像学理论

图像学（Iconology）由词根 Icono 和 logy 构成，Icono 来自希腊文 eikon，意即"图像""影响""肖像"之意；logy 也来自希腊文 logos，意即"各种论述""学说""学科"等意。美国学者 E·J·J·米歇尔指出："关于图像学的理论这个概念意味着用语言掌控视觉再现的领域。"[5]但是，在图像理论出现之前，关于绘画与诗歌的主要理论来自 18 世纪德国古典美学家莱辛（Gothold Ephraim Lessing，1729-1781）。他根据希腊雕塑《拉奥孔》写作了艺术学著作《拉奥孔》。该书探讨了绘画与诗歌的美学关系以及诗与画的分界。莱辛在书中概括说："我的结论是这样的：既然绘画用来模仿的媒介符号和诗所用的确实完全不同，这就说，绘画用空间中的形体和颜色而诗却用在时间中发出的声音；既然符号无可争辩地应该和符号所代表的事物互相协调；那么，在空间中并列的符号就只宜于表现那些全体或部分本来也是空间中并列的事物，而时间中先后承续的符号也就只宜于表现那些全体或部分本来也是时间中并列的事物。全体或部分在空间中并列的事物叫做'物体'。因此，物体连同它们的可以眼见的属性是绘画所特有的题材。全体或部分在时间中并列的事物一般叫做'动作'（或译为'情节'）。因此，动作是诗所特有的题材。"[6]他还说："一切物体不仅在空间中存在，而且也在事件中存在。……因此，绘画也能模仿动作，但是只能通过物体，用暗示的方式去描绘物体。另一方面，动作并非独立地存在，须依存于人或物。这些人或物既然都是物体，或是当作物体来看待，所以视野能描绘物体，但只能通过动作，用暗示

---

5 ［美］W·J·J·米歇尔，《图像理论》，陈永国，胡文征译，北京大学出版社，2006 年，1 页。

6 《拉奥孔》，90 页。

的方式去描绘物体。绘画在它的同时并列的构图里，只能运用动作中的某一顷刻，所以就要选择最富于孕育性的那一顷刻，使得前前后后都可以从这一顷刻中得到最清楚的理解。同理，诗在它的持续性的模仿里，也只能运用物体的某一属性，而选择的就应该是，从诗要运用它那个观点去看，能够引起该物体的最生动的感性形象的那个属性。"[7]朱光潜先生在《诗论》一书中评论道："莱辛的诗画异质说对艺术理论的贡献甚大，为举世公认。举其大要，可得三端：一、他很明白指出已往诗画异质说的笼统含混。从他起，艺术理论上才有明显的分野。二、他是欧洲第一个看出艺术与媒介（如形色之于图画，语言之于文学）的重要关联。艺术不仅是心里孕育的情趣意象，还须借物理的媒介传达出去，成为具体作品。每种艺术的特质多少要受它的特殊媒介的限定。三、莱辛讨论艺术，并不抽象地专在艺术作品本身着眼，还同时顾到作品在读者心中所引起的活动和影响。"[8]朱光潜先生对莱辛的诗画理论概括精准，并且用一言以蔽之："诗与画因媒介不同，一宜于叙述动作，一宜于描写静物"[9]莱辛的诗画研究主要着眼于诗歌与绘画的异质性和差异性及其优劣问题。

莱辛的艺术理论阐释了诗歌与绘画的区别与联系，并未涉及诗画之间如何转换，然而对诗画转换的理论建构仍具有启发意义。这种启发意义在于必须深刻认识诗歌与绘画两种艺术因媒介而产生的差异。它们之间的差异并不影响本质上的共性。图像学的创始人潘诺夫斯基认为，题材和含义主要有三类：即1. 基本的或自然的题材，又分为事实性或表现性题材；2. 从属的或约定俗成的题材；3. 内在含义或内容。潘诺夫斯基的图像学理论着重从绘画的历史文献角度解读绘画，对诗画转换的借鉴之处在于，对诸如绘画等视觉艺术的研究，既要研究图像，也要研究图像之外的历史语境，可以从形象史或者艺术主题史（题材史）对艺术进行研究。他指出："图像志是美术史研究的一个分支，其研究对象是与美术作品的'形式'相对的主题与意义。"[10]他区分了作品主题与意义的三个层次，即，"1. 第一性或自然的主题 [Prmary or naturalsubjiect]。2.

---

7 《拉奥孔》，90-91 页。

8 朱光潜，《诗论》，生活·读书·新知三联书店，2012 年，190-191 页。

9 《诗论》，190 页。

10 ［美］E·潘诺夫斯基，《视觉艺术的含义》，傅志强译，辽宁人民出版社，1987 年，1 页。

第二性或程式主题［secondary or conventional subject matter］。3. 内在意义或内容［Intrinsic meaning or content］。"[11]"因此，被视为第二性或程式意义载体的母题就可以称之为图像［images］，这种图像的组合就是古代艺术理论家所说的 Invenzioni［发明］，我们习惯称之为故事［storis］和寓意［allegories］"[12]潘诺夫斯基所谓的图像志研究，在某种意义上与比较文学的主题学研究较为相似。美国比较文学学者乔治·斯坦纳指出："比较文学不只是文学的比较，更是将文学和音乐、绘画、雕塑、电影等领域组成交响乐章、彼此烛照的应许之地。"[13]文学和艺术的比较研究，即是跨艺术比较。乔治·斯坦纳还认为："单就西方而言，20 世纪的艺术、音乐、电影、文学，不断地借助古典神话中的意象，如俄狄甫斯、厄勒克托拉、美狄亚、奥德修斯、纳喀索斯、赫拉克勒斯和海伦。在此，进入了比较文学的深水区域。这些母题为什么有限？世界其他地方的文学贡献了怎样重要的母题？它们在不同的艺术样式中如何嬗变？这些构成了比较文学主题研究的重要课题。"[14]这种看法与潘诺夫斯基对艺术的题材史研究相一致。比较文学研究的"深水区域"主要指的是神话主题的比较研究与跨艺术比较研究。欧文·潘诺夫斯基曾指出："图像志的 graphy 来源于希腊语动词 graphein，意为'书写'。表示纯粹描述性的，而且常常是统计的方法。因此，正如 ethnography［人种志］是关于人类种族的描述与分类一样，iconography［图像志］是关于图像的描述与分类。这是一种有限的辅助性研究，它告诉我们，某一特定主题在何时、何地、被何种特殊母题表现于艺术作品之中"[15]西方艺术的题材一般源于古典传统和基督教传统，为数较多的艺术作品反复挪用改写同样的主题。同一主题的挪用改写，即是图像学（Iconology）中的图像志（iconography）研究，它为诗画之间的转换提供了理论依据。

二、诗画转换的互文性理论

诗画转换有效解释的理论是互文性理论。"互文性"概念由法国批评家朱丽娅·克里斯蒂娃在其《符号学》（1969）一书中提出：每一文本都是对其

11　《视觉艺术的含义》，3-5 页。

12　《视觉艺术的含义》，4 页。

13　李晓钧，《乔治·斯坦纳与比较文学》，《中国比较文学》，2013 年，第 4 期（总第 93 期），98 页。

14　《乔治·斯坦纳与比较文学》，97-98 页。

15　《图像学研究：文艺复兴时期艺术的人文主题》，页下注，6 页。

他类型文本的吸收与转化，它们相互参照，彼此牵连，形成个潜力无限的开放网络。她说："任何本文都是对其它本文的吸收和转化。"[16]任何文本主要指后来的文本，其他文本可以是任何文本之前的文本，也可以是不同的文本。吸收与转化有时是可见的，有时是不可见的。它主要涉及艺术的主题或者题材的挪用。英国学者詹姆斯·O·扬在《文化挪用与艺术》一书中解释挪用一词时说："《牛津英语大字典》将'挪用'定义为'对某件私人物品的复制……；据为己有或者供自己使用'。这条解释准确地抓住了挪用的含义，有的表演艺术家挪用其他文化的歌曲，有的艺术家则将其他文化作为自己创作题材。艺术家们使用其他文化的风格、形式、情节和其他美学元素，收藏家和博物馆则将其作为自己的私人财产。这些都是挪用的范例。"[17]这种挪用属于艺术之间的题材挪用（subject appropriation）。詹姆斯·O·扬指出："题材挪用有时也称为'声音挪用'（voice appropriation），它尤指一个外来者以第一人称描述当地人生活的行为。"[18]如果说题材的挪用是声音挪用的话，那么，由题材挪用所导致的互文性现象又回到当初法国学者朱丽娅·克里斯蒂娃倡导的互文性理论的来源，即俄罗斯诗学家米哈伊尔·巴赫金关于陀思妥耶夫斯基小说的"多声部"的狂欢化诗学。

互文性理论传承者法国学者吉拉尔·热奈特，他用"超文性"的概念来说明文本之间的因互文性形成的派生关系。他说："我用超文性来指所有把一篇乙文（我称之为超文 hypertexte）和一篇已有的甲文（当然，我称之为底文 hypertexte）联系起来的关系，并且这种移植不是通过评论的方式来实现。"[19]超文与底文的关系是朱丽娅·克里斯蒂娃所说的互文性，只不过被吉拉尔·热奈特表述为超文性。随后专门研究吉拉尔·热奈特"超文性"的法国学者萨莫瓦约指出："吉拉尔·热奈特的超文性使我们可以综观文学史（像其他的艺术一样）并了解它的一大特性：文学来自模仿和转换。通过对其他绘画、音乐等艺术实践领域（即热奈特所谓的超美学

---

16 ［法］朱丽娅·克里斯蒂娃，词语、对话和小说，《主体·互文·精神分析:克里斯蒂娃复旦大学演讲集》，祝克懿，黄蓓译，附录一：互文性理论的产生与发展，由生活·读书·新知三联书店，2016年，150页。

17 ［英］詹姆斯·O·扬，《文化挪用与艺术》，杨冰莹译，湖北美术出版社，2019年，4页。

18 《文化挪用与艺术》，6页。

19 ［法］萨莫瓦约著，《互文性研究》，邵炜译，天津人民出版社，2002年，40页。

hyperesthetique）的审视，我们可以看出这一点的重要性"[20]文学来自模仿和转换，艺术也不例外。"超文性"也可以解释不同艺术之间的模仿与转换。他还说："一篇文本从另一篇已然存在的文本中派生出来的关系，后一种关系更是一种模仿和戏拟。"[21]模仿似乎是机械性的，而戏拟有解构反讽之意。但是，萨莫瓦约关于超文性的解释更进了一步，涉及到互文性理论的深度和宽度层级。

诗画之间存在着互文性的派生关系，诗歌文本与视觉图像是如何相互转换的呢？不同艺术文本之间的转换，首先，是如何解释不同文本之间的关系。萨莫瓦约指出："互文性使我们可以把文本放在两个层面进行思考：联系的（文本之间的交流）和转换的（在这种交流关系中的文本之间的相互改动）。"[22]联系的和转换的"是思考互文性的两个层面，这对于跨艺术比较具有启示性。互文性理论不仅为跨艺术文本提供了解释的有效理论，而且还要考察文本之间的交流。文本之间的联系因交流而存在，相互联系的文本密织成一个巨大的网络。荷兰学者米克·巴尔认为："一件艺术品至少体现了三种系统关系：它与共同文本或文学和艺术的关系，它与形成历史语境的关系，它与之前的艺术传统或称前文本的关系"[23]艺术文本除与形成历史语境的关系之外，它与共同文本或文学和艺术的关系，它与之前的艺术传统或称前文本的关系都十分清晰揭示了互文性之间的文本关系。

其次，在不同艺术文本之间互文性的基础上，如何分析艺术文本之间的转换。不同文本之间的相互转换激活并扩张了原文本的影响力，从某种意义上，一个前文本被不断地改写、改编、再现甚至是翻译都使得前文本一次次重生或复活。萨莫瓦约总结了作品作为互文被利用的四类功能，即：文化改向、激发意义、主题之鉴和传递。其中谈到的重写、激发意义和转换，即是跨艺术比较研究诗画转换的重要方法。他说："重写是为着反对、超越或摈弃"激发意义，即"通过转换的办法使老生常谈重放新辉"无论是重写、激发意义，还是转换，都是对原文本生命的延续。如萨莫瓦约所言："文本之间求同存异的效果可以按照四种方式产生：组合（configurationg）、再现

20　《互文性研究》，22-23 页。

21　《互文性研究》，19 页。

22　《互文性研究》，57 页。

23　［荷兰］米克·巴尔，《绘画中符号叙述：艺术研究与视觉分析》，段炼编译，四川大学出版社，2017 年，120 页。

（refiguratiog）、歪曲（defiguratiog）、改头换面（transfiguratiog）"。[24]
这四种文本产生的方式概括了因互文性而产生的文本间性。就文学与绘画
的转换而言，语言文本转换为视觉图像主要的方式是再现，但也可能是各
种方式的综合。学者段炼对"再现"这个词作了语义史的清理，他指出：
"当代批评理论中的'再现'概念，指'复制'、'重演'、其方法和结果，
以及诸如此类。为了各种目的，'复制'可以采用不同材料和不同方式
来实施，而'重演'则是英国历史学家和艺术理论家科林伍德（R. G.
Collingwood，1889-1943）所说的'情景再现'（re-enactment），二者都可
跨越时空界限和文化鸿沟而实现。无论是在西方美术史研究中，还是在视
觉文化研究中，'再现'这一概念不仅是最基本的理论概念之一，也是最
重要、最具争议的概念之一。在 20 世纪前期的现代主义和后期的后现代主
义历史进程中，西方理论界对"再现"的探讨和论争，不仅展示了艺术倾
向的转变，也促进了艺术潮流的推进。从语言学的词源学上说，现代英语和
法语等西方主要语言里的'再现'一词，都来自古代拉丁语 repraesentare，
意为'再次呈现'、'招回'、'表演'等。其前缀也-意为'回来'、'再
次'等，而词干 praesentare 意为'呈现'、'展示'等。古罗马时代结束
后，欧洲语言中的'再现'逐渐发展出了'代表'（以某人来代表他所属
的那一群人）、'象征'（以某物来象征另一物或观念）等新含义。从构词
法上说，中文'再现'是英文原词 representation 相当确切的译词，因为'再
现'的直接语义，就是'再次呈现'，准确对应了古代拉丁语和现代欧洲
语言中'再次'（re-）与'呈现'（presentation）相合的本义。所以，我国
美术界既不约而同又约定俗成地使用'再现'来翻译这个外来词。"[25]理清
"再现"一词的语义史，有助于在绘画与诗歌之间的转换称谓更准确地表
述。

转换是从一种艺术变为另一种艺术的过程性描述的术语。这个过程如何
描述？运用什么样的词汇指称这个过程？看似简单实际上较为困难。国内外
的学者分别用不同的词汇描述，如，"改编""改写""翻译""再现""引
用""挪用"等。法国学者吉拉尔·热奈特和萨莫瓦约都是叙事学领域的专

---

24 《互文性研究》，140 页。

25 段炼，《阅读福柯论马奈——有关凝视和再现的译文导读》，载《美术观察》，2011
   年，第 4 期，127 页。

家，荷兰学者米克·巴尔开始也在叙事学领域做研究，二十世纪后期，她转向了视觉艺术研究。叙事学是一种文学理论，起初并不与文学相关。但是，随着图像学的崛起，叙事与图像产生关联，学者们普遍认为，图像也是一种叙事。米克·巴尔在解读视觉艺术时发明了两个形象而又特别术语，一个是"装框"，另一个是"换框"。装框与换框潜在地与绘画相关。所谓"装框"指的是："分析图像被如何装框的方式有助于赋予其历史语境。历史不会在将来的某一时刻结束，而是继续。历史用看不见的线索把其他的图像也串联起来，这样就使图像的生产成为可能而且能够反映观者的历史位置。"[26]可以看出，装框是一种解读分析艺术的方法，这种方法强调将图像放置在特定的历史语境中加以研究。诚如米克·巴尔所言，"宽泛地说，写作和绘画都是一种解读行为，而解读又是重写和重画的方式。"[27]所谓"换框"是指"把图像置于另一个文本中"，重构语境的行为。"换框"理论使得互文性理论不再把眼光仅盯着文学，而是扩展到整个视觉艺术领域。当然，换框理论为诗画转换提供了可借鉴的思想和理论资源。

三、诗画转换的精神分析学理论

精神分析学的创始人弗洛伊德曾写过至少两篇与艺术相关的论文：一篇是《列奥纳多·达·芬奇和他童年的一个记忆》，另一篇是《米开朗琪罗的摩西》。有学者说："弗洛伊德为了发现潜藏的意义，在'破译'神经性疾病和梦的表象时，'读'过些艺术品，如《蒙娜丽莎》，在某种意义上，他的方法得自《圣经》注释者的启迪，或者说是和现代一些研究中世纪诗学的学者，如H·弗兰德斯·顿巴，所作的解释学的尝试相仿佛。"[28]弗洛伊德根据达·芬奇的笔记有关童年梦的记述，尤其是梦见秃鹫的尾巴撞开嘴这个细节，他解释说："如果我们用精神分析学家的眼光来看待列奥纳多关于秃鹫的幻想，这个幻想很快就会显得不奇怪了。我们似乎会回忆起许多地方遇到了同样类型的事情，例如在梦里；因此，我们才会不厌其烦地把幻想从它自己特殊的语言中翻译成普通理解的文字。这种翻译可以看作是指向一种性

26　《绘画中符号叙述：艺术研究与视觉分析》，83 页。

27　《绘画中符号叙述：艺术研究与视觉分析》，89 页。

28　［美］杰克·斯佩克特，《艺术与精神分析》，高建平译，文化艺术出版社，1990年，156 页。

的内容。"[29]弗洛伊德认定达·芬奇童年的梦与性相关。弗洛伊德不仅分析了达·芬奇童年经验对他的艺术的影响，而且他还把达·芬奇梦中出现的秃鹫与埃及神话艺术进行比较分析，对于艺术母题的比较研究具有启发意义。杰克·斯佩克特认为，"弗洛伊德分析艺术作品时，注意寻找绘画或雕塑中潜藏着的无意识象征寓意，而把直接的移情作用的反应以及色彩、外形、线条及肖像画等明显的细枝末节排除在外。"[30]弗洛伊德不仅具有良好的艺术修养和鉴别力，而且能够发现艺术家获艺术作品中潜在意义。在《论米开朗琪罗的〈摩西〉》一文中，弗洛伊德引述了大量评论者对摩西雕塑的研究，认为《摩西》是对"'他个人生活中特殊时刻'的描绘。"[31]所谓个人生活中特殊时刻，是说雕塑《摩西》的创作与米开朗琪罗个人生活密切相关。彼得·福勒指出："如果说达·芬奇是永恒的母性微笑的画家，那么米开朗基罗则是挣扎的男性人体的雕塑家，是父性力量和父子关系的雕塑家。"[32]此外，弗洛伊德提出了种种情结理论已广泛运用于艺术分析。

后精神分析学家雅克·拉康也有针对马奈绘画的研究。他提出的"镜像理论"和"凝视理论"，也可为诗画转换理论提供理论依据。米克·巴尔指出："精神分析是关于无意识与表述关系的一种解读模式，因此，它是一种符号理论。运用这一理论来研究视觉艺术，可以假定艺术带有无意识踪迹，而精神分析理论的不少重要概念也都有特定的视觉身份（如想象与凝视），或指涉视觉经验（如阉割焦虑、镜像阶段），或指涉符号制造（如凝缩、置换），或指涉我们习惯于想象的概念（如乳房、阳具）。然而，若将这些概念用于解读视觉艺术或文学作品，把治疗的方法转变为解读作品的方法，就会出现一个问题，该问题涉及理论与艺术作品之关系的实质。"[33]米克·巴尔基本上完整概括了视觉或图像理论所采用的精神分析学的全部术语或范畴。

概念和术语是理论建构的基石。上述概念和术语不仅是艺术分析的心理学的技术性词汇，而且启发后来的艺术分析流派的分化和衍生。如英国女性主义学者格丽塞尔达·波洛克的《分殊正典：女性主义欲望与艺术史的

---

29 ［奥地利］西格蒙特·弗洛伊德，《弗洛伊德论美文选》，张唤民，陈伟奇译，知识出版社，1987年，59-60页。
30 《艺术与精神分析》，153页。
31 《艺术与精神分析》，6页。
32 《艺术与精神分析》，18页。
33 《绘画中符号叙述：艺术研究与视觉分析》，48页。

书写》[34]一书中，通过对女性艺术家绘画的分析以及对男性画家对女性的表现，试图书写另类的艺术史，即女性艺术史，借以对抗所谓的正典。弗洛伊德有关"凝缩"、"置换"等术语与释梦理论相关，而梦在弗洛伊德看来与艺术创作相关：艺术即白日梦。例如，他据达·芬奇回忆一只秃鹰用翘起的尾巴撞开他的嘴这样的童年记忆来揭示达·芬奇绘画创作的深层心理动机。美国学者史蒂夫·Z·莱文在《拉康眼中的艺术》一书中说："弗洛伊德认为，画中的鸟尾巴突兀地插入婴儿的嘴里，实际上是一种伪装，替代的是用乳头哺育婴儿的场景。"[35]做梦与艺术创作具有某种相似性，弗洛伊德揭示了梦的工作原理。他认为，梦的工作主要有三个成就："第一个成就是压缩作用。所谓压缩意即显梦的内容比隐梦简单，好像是隐念的缩写体似的"[36]；"第二个成就是'移置'作用（displacemengt）。"[37]；"第三个成就是将思想变为视象（Visual image）。"[38]压缩和移置即"凝缩"和"置换"，只不过是翻译不同而已。关于移置的概念，美国学者杰克·斯佩克特解释道："弗洛伊德指出，除了第一类型的移置，即一种思想代替另一种多少相关的思想外，还有第二种移置，即词语成为思想的替代物。"[39]将思想变为视象，即是思想的图像化。诗画转换发生在语言与图像之间，是一种语图转换。杰克·斯佩克特在对精神分析学理论解释时说："释梦问题对于弗洛伊德来说意味着把梦内容的'象形文字'翻译成隐晦的梦思的语言。梦是拼图游戏或者猜字画谜，而能将之看作合乎理性的艺术构图。"[40]既然梦的内容是象形文字或者是拼图画谜游戏，那么，释梦则是将这些图想转成语言文字加以阐释。这个转换的过程原理应该与诗画转换的原理相一致。

图像学是视觉艺术分析的理论，它着重于绘画或者雕塑摄影等艺术的解读；精神分析学是关于艺术创作的深层心理学，它着重回答艺术的发生及本

---

34 ［英］格丽塞尔达·波洛克，《分殊正典：女性主义欲望与艺术史的书写》，胡桥，金影村译，江苏凤凰美术出版社，2019 年。

35 ［美］史蒂夫·Z·莱文，《拉康眼中的艺术》，郭立秋译，重庆大学出版社，2016 年，23 页。

36 ［奥地利］西格蒙特·弗洛伊德，《精神分析引论》，高觉敷译，商务印书馆，1996 年，144 页。

37 《精神分析引论》，146 页。

38 《精神分析引论》，147 页。

39 《艺术与精神分析》，115 页。

40 《艺术与精神分析》，113 页。

原的问题；互文性理论揭示了艺术文本之间的相互关系，涉及艺术主题母题的来源及传播。这些理论实质上并不是诗画转换的理论，但是，却对诗画转换的理论建构具有启发意义。尤其是"随着 20 世纪 60 年代晚期'新'艺术史的崛起，出现了大量的图像学批评。新艺术史学者处在一个思想与社会活动极为活跃的时期，他们进入新兴的批评理论领域，诸如后结构主义、符号学、艺术史学，由此开始对于艺术史本身的预设、方法、目的的提问。他们强调观者和社会语境对艺术作品的塑造：艺术作品并非试想观者传递由艺术家精心打包好的信息，而是可以由无数阅读方式（或误读）的复合文本。"[41]国外的批评家和理论家将诗画转换用 Ekphrasis 这个古老的希腊词汇表示，国内学者翻译五花八门，如，"艺格敷词"、"读画诗"、"视觉再现之语言再现"、"绘画诗"、"造型描述"、"符象化"、"图说"、"语象叙事"、"艺格符换"，其它译名还有"视觉书写""书画文""写画文""语词赋形""图像叙事"等。不同的译名其实隐含着不一样的思考。这些翻译似乎都不能说明诗画转换，Ekphrasis 是单向的，仅指绘画雕塑等造型艺术如何进入诗歌。相反的情况是诗歌也可以作画。它们之间是双相互动的。如果，从这些翻译词汇中做选择的话，"读画诗"应该是 Ekphrasis 不错的译名。但也有学者指出，尽管这个词的名字听起来很经典，但它本质上是一个现代造词，并认为，Ekphrasis 只是近年来才用来指代文学作品中对雕塑和视觉艺术作品的描述。在古典修辞学中，Ekphrasis 几乎可以指任何延伸的描述。露丝·韦伯在《读画诗：古代修辞理论与实践中的修辞、想象与说服》一书中指出："文学批评，无论在现代批评话语中如何界定，它通常被视为一个文本或文本片段，与视觉艺术相联系。在过去几十年里，Ekphrasis"被定义为对绘画或雕塑艺术作品的诗歌的描述，对图像的视觉表现或文字的口头表达。"[42]Ekphrasis"被定义为对绘画或雕塑艺术作品的诗歌的描述。如果"读画诗"是一种独立的诗歌文类，那么，这种诗歌文类就不是贺拉斯所说的，"诗如画"，而是"诗从画"即诗歌的题材或者主题来源于绘画，或者专指以绘画为题材或主题的诗歌。

---

41 ［美］安妮·达勒瓦，《艺术史方法与理论》，徐佳译，人民美术出版社，2017 年，
35 页。

42 Ruth webb."Ekphrasis, Imagination and Persuasion in Ancient Rhetorical Theory and
Practice."Publishing by Routledge.2016.p.1.

第一章　美杜莎从绘画到诗歌

　　西方艺术上史以蛇发女妖美杜莎为题材的绘画数量众多，许多著名的绘画大师诸如达·芬奇，鲁本斯，卡拉瓦乔等人都曾创作过与美杜莎有关的画作。十九世纪英国浪漫主义诗人雪莱观看了达·芬奇油画《美杜莎》后创作了诗歌《咏佛罗伦萨美术馆达·芬奇的美杜莎》，雪莱的读画诗与达·芬奇的油画产生了奇妙的关联，两个不同的艺术文本之间构成互文性。《美杜莎》从达·芬奇油画到雪莱诗歌的互动转换即是跨艺术比较要探讨的问题。本文拟就美杜莎如何从视觉图像转换为诗歌文本做分析探讨，以期通过个案研究为跨艺术比较提供理论依据。

　　美杜莎源自希腊神话。据有关典籍记载："美杜莎是古希腊神话传说中戈耳贡之一，古老的海神福尔基斯和克托之女，其兄弟姊妹有：埃基德拉、欧律埃、斯忒诺和斯基拉以及拉冬和格赖埃；嫁与波塞冬为妻，从血液中生克律萨奥尔和佩加索斯（《神谱》270-286）；一说，又与武尔砍生卡卡和卡库斯。相传，墨杜萨原貌秀美，因博得波塞冬青睐，满头金发被雅典娜变为毒蛇。睹其容貌者，立即化为岩石。后来其头颅被珀尔修斯割下，装在革囊里，仍可使目睹者变为石头（《文库》4，2）她的血液流淌在利比亚的荒原，变为众多毒蛇，墨杜萨葬于阿尔戈斯。"[1]从上述神话材料可以看出，记述美杜莎神话的典籍主要是赫西俄德的《神谱》和阿波罗多洛斯的《神话文库》。《神谱》的写作时间大约在公元前 8 世纪，《神话文库》的写作时间大约在公元前 1 世纪左右。另外，希腊瓶画中就有美杜莎的脸谱。[2]有关美杜莎的神话产生

1　魏庆征编，《古代希腊罗马神话》，北岳文艺出版社，1999 年，838 页。
2　李森，刘方编，《希腊瓶画》，工人出版社，1987 年，70 页。

年代较早，而且历经漫长的历史演变。据希腊克里特考古发现，米诺斯"迷宫"出土三尊彩釉"蛇女神"，分别为腰缠双蛇女神像、双手平举双蛇的女神像和一残缺的"蛇女神"像。著名考古学家伊文思认为，"'蛇女神'是'米诺大女神的下界形式'，是米诺人的家宅保护神。"[3]大女神意指创造并主宰宇宙万物的女神，家宅保护神则是家园保护神。由此可见，希腊最早的"蛇女神"雕像就已经是女性与蛇的组合形象，从腰缠蛇到手举蛇再到蛇发应是逐步演变的结果。公元前5世纪雅典娜帕特农神庙的雅典娜女神像的身旁就有蛇，蛇是她的神圣动物。瑞典语言学家神话学者马丁·尼尔森曾指出："历史时期希腊的智慧女神、女战神雅典娜，其前身是米诺人崇拜的'蛇女神'"[4]因此，在远古时期，希腊的米诺人崇拜蛇不仅是一种较为普遍的现象，而且雅典娜与美杜莎一样都是"蛇女神"。

米开朗基罗·梅里西·德·卡拉瓦乔（Michelangelo Merisi da Caravaggio），美杜莎（Medusa，）60厘米×55厘米，1595-1598年，布面油画，现收藏于意大利佛罗伦萨乌菲兹美术馆。

---

3 转引自王以欣，《寻找迷宫——神话、考古与米诺文明》，天津人民出版社，2001年，303页。

4 《寻找迷宫——神话、考古与米诺文明》，307页。

　　达·芬奇创作的油画《美杜莎》已经失传，现存仅有卡拉瓦乔在 1597 年前后创作的油画《美杜莎》。据说，他是仿制了达·芬奇的原画。意大利艺术史家瓦萨里在《艺苑名人传》中讲述了达·芬奇如何在一个农夫用橡树制成的木盾牌上画出美杜莎的故事。雪莱于 1819 年 10 月中旬在佛罗伦萨的乌菲齐美术馆参观时见到的正是这幅画作。这是一幅令人惊悚恐惧充满了暴力血腥的油画。美国传记作家弗朗辛·普罗斯说："《美杜莎》被看作表现脸部扭曲的尝试之作。"[5]但是，细观其画，美杜莎的脸部并无扭曲之状。而普罗斯对油画的描述却与油画吻合，他说："像珀尔修斯一样，卡拉瓦乔捕捉到的是戈耳工被打败后临死前的瞬间。鲜血从她被砍掉的头的下方喷出，嘴巴因为恐惧和震惊而成了椭圆形状，眼睛从眼眶中突出，甚至头上的毒蛇也停止了盘旋扭动。画家出色地表达了戈耳工那一瞬间的瘫软无力。"[6]卡拉瓦乔的《美杜莎》是被砍了头颅之后美杜莎的面部特写，主要表现她惊恐的瞬间。她在毫无防备之际，被砍头颅，双目圆睁，嘴巴大张，似愤怒痛苦而呐喊。这是一个令人恐怖又难以忘记的瞬间，美杜莎的痛苦、疑惑、惊讶、愤怒都被画家定格在这张脸上。表现美杜莎的恐怖绝非偶然，"那个时期他创作的两幅作品《被蜥蜴咬伤的男孩》和《美杜莎》——他的风格从诱惑魅力转为怪异极端。两幅作品都因暴力而充满生机，不是暴力行为本身而是对暴力的突然戏剧性反应。"[7]这说明在 1595 年至 1598 年期间，卡拉瓦乔的画风有了转变，呈现了一种暴力倾向的美学，主要是通过恐惧来表现诡异恐怖的悲剧式风格。

　　荷兰学者米克·巴尔指出："这幅图景有个附带的我们可以解读的故事，但那只是个前文本。据此文本柏修斯利用他手中盾牌的镜面反射效果吓呆了美杜莎，从而砍下了她的头。被杀头之际，谁不会到害怕？然而，面对这一图像，文本故事竟然消解了，因为这幅自画像也预设了一面镜子，这才产生这个怪物，并改变了性别。是柏修斯和美杜莎融为了一体了吗？抑或作者就是模特，就是杀手，或是看画者？解读此图像的切人点可能会是：这紧张的神色不是镜面反射。尽管奇怪，但可以确定的是：这幅图像依然是一个'正面对视'，因为美杜莎在与观者的视觉交流中失去了自己的'他

5　［美］弗朗辛·普罗斯，《卡拉瓦乔传》，郭红英译，译林出版社，2017 年，54 页。
6　《卡拉瓦乔传》，54-55 页。
7　《卡拉瓦乔传》，52 页。

者'特征。

不过，神话的前文本也非毫不相干，它化为一个互文文本而被引入，用以提出上述问题。于是，观画者与这个关于性别的神话便有了关联，通过模特和画中人物的性别转换而引发了身份问题，并赋予神话以致命的魔力，从而导致了性别错位。这种混乱加剧了惊恐，但这不是美杜莎引起的，相反，她受到了惊吓。看起来，是美杜莎转向一旁的目光把画像变成叙事里的人物，使这幅画成为叙事作品，不是变成柏修斯神话里古老人物，而是出现在图像和观画者之间的那个视觉形象。美杜莎看向别处是为了让人们随她一起看向别处，从而回避她身后的神话故事，回避她是一个恐怖形象的说法。从视觉上看，美杜莎用一种规劝的方式'说话'了，引诱'你'随她一起去看，去寻找真正的恐怖之源。在观念上说，正是这恐怖之源把这个女人变成了怪物。"[8]作为神话的前文本，不仅与画作产生互文性，而且也与观画者产生互文性。此外，图像与观画者也有互文关系。由此形成了一个相互交织叠加的互文性网络。

然而，《美杜莎》在达·芬奇的画与雪莱的诗之间产生的互文性是跨艺术的互文性。珀西·比希·雪莱（Percy Bysshe Shelley，1792-1822）的诗歌《咏佛罗伦萨美术馆达·芬奇的美杜莎》在某种程度上还原再现了达·芬奇的油画《美杜莎》。其诗如下：

一

它躺着凝视着午夜的天空，
仰望着云雾缭绕的高山峰顶；
下面，远方的原野似乎颤动；
它的恐怖和美，都庄严神圣。
在愤怒而憔悴的眼睑上和嘴唇，
仿佛有着一抹妩媚的阴影，
他们闪耀出挣扎在内心深处，
极度烦恼和死亡引起痛苦。

二

使注视她的生灵变成石的，

8　《绘画中符号叙述：艺术研究与视觉分析》，74页。

更大程度上是美而不是恐怖，
那石头上刻画着死者最后的
容貌，乃至于那种表情仿佛
固有，思想已不能追溯缘由；
那是美妙旋律般的色彩涂布，
在黑暗痛苦凝视的目光上，
人性化、和谐化了那种紧张。

三

从她的头上像如从一个身体长出
像从潮湿的岩石长出　青草，
长出的头发都是毒蛇，卷曲
伸展，细长的身躯彼此缠绕，
在永无休止的扭动中显示出
它们鳞片的光泽，像要炫耀
它们带来的死和惨烈的煎熬，
多齿的鄂像要锯开空气的锯条。

四

一块石头旁的一条有毒蜥蜴
把蛇发女怪的眼睛懒懒偷觑；
一只阴森的蝙蝠被吓得逃离
这可怕的明光照射进洞穴，
昏头昏脑在半空中飞来飞去，
她急匆匆飞来就像灯蛾急于
向烛光扑去；那午夜的天上
闪出比晦暗更令人胆寒的明光。

五

这是一种恐怖的摄魂夺魄之美；
由于一种无法解释清的幻觉：
那些蛇射出来的瞩目凝视光辉
能使得空中颤动的雾气氛围
变成　闪烁不定的镜面

映出那里所有的恐怖和美——

一个以蛇为发的女人的面孔，

从潮湿的岩石上死盯着天空。

一八一九年[9]

On the Medusa of Leonardo da Vinci in the Florentine Gallery

Percy Bysshe Shelley

It lieth, gazing on the midnight sky,

Upon the cloudy mountain-peak supine;

Below, far lands are seen tremblingly;

Its horror and its beauty are divine.

Upon its lips and eyelids seems to lie

Loveliness like a shadow, from which shine,

Fiery and lurid, struggling underneath,

The agonies of anguish and of death.

Yet it is less the horror than the grace

Which turns the gazer's spirit into stone,

Whereon the lineaments of that dead face

Are graven, till the characters be grown

Into itself, and thought no more can trace;

'Tis the melodious hue of beauty thrown

Athwart the darkness and the glare of pain,

Which humanize and harmonize the strain.[10]

　　雪莱的诗歌《咏佛罗伦萨美术馆达·芬奇的美杜莎》全诗分为 5 节，每节 8 句，共 40 句。在诗中雪莱既有观看达·芬奇的画作《美杜莎》的感受，又有从希腊神话中汲取的灵感，既描述画作又添加想象。诗人试图借美杜莎恐怖的形象诠释"美与神圣"，欣赏美杜莎"恐怖的摄魂夺魄之美"。美国图像学家 E·J·J·米歇尔解读此画时说："美杜莎是一个完美的异类、亚人类恶魔的形象——危险、反常、性别模糊：美杜莎的蛇发使她成为完美的施行阉割的法勒斯女人，象征着强大而可控的政治秩序。对于像雪莱这样的激

9　［英］雪莱，《雪莱精选集》，江枫选编，北京燕山出版社，2004 年，160-162 页。
10　http://www.eng-poetry.ru/PoemE.php?PoemId=307。

进派来说，美杜莎是一个'悲惨的英雄'，是暴政的牺牲品，其弱点、毁形和残暴的肢体行为本身都是一种革命力量。视觉再现之语言再现的女性形象不是像济慈的瓮、史蒂文思的坛子或威廉斯的夫人用沉思的矛盾心理加以抚摸或爱抚的对象，而是使用的武器。（雅典娜的盾或'护甲'都用美杜莎的头做装饰，是要吓倒敌人的完美形象。）但是，这个武器已经潜在于视觉再现之语言再现的美和形态的快感幻想之中了：它不过是裸露癖对语言再现的瓮和坛子上表现的窥阴快感的反应。"[11]这种具有精神分析学色彩的观点十分契合雪莱诗作的本意。作为富有激情和思想激进的诗人，雪莱书写的美杜莎是一个象征——一个摧毁暴政的革命力量的象征。美杜莎是一个异类或恶魔，正常秩序的社会容不得异类，他们是视美杜莎为异己力量。雪莱正是看中了美杜莎身上蕴含的毁灭力量，因而欣赏赞美这种恶之美。但是，在雪莱的诗中以蛇或者菲勒斯为发，并非是美杜莎自愿的装饰，而是政治权力的一种炫耀。

　　的确，在卡拉瓦乔的油画中美杜莎性别错乱，是男是女，难以分辨。"法勒斯"即菲勒斯（Phallus），它源自希腊语，意即男性生殖器。在男权中心主义或者菲勒斯中心主义社会，女性只能作为被阉割的形象（castrated woman）而存在。弗洛伊德指出："当一个男孩发现事实上并不是所有人都和他有着相同的性器官时，他内心会受到无比巨大的震撼。对于这种差异性，他会十分抵触并进行反抗，但最后还是不得不接受这一事实，尽管这期间经过了严重的心理挣扎，即所谓的阉割情结。而对于女孩来说，也会产生缺少阳具的失衡。这种'替代'心理和性异常的形成有着重要的关系。"[12]砍头等于阉割，美杜莎的蛇发是阴茎的象征，砍去了阴茎，用蛇发来替代它，这即是阉割情结。从久远的神话到达·芬奇、卡拉瓦乔等人的画作，阉割情结作为一种集体无意识潜在于这些相互联系的文本之中，雪莱的诗歌也不例外。

　　雪莱的诗《咏佛罗伦萨美术馆达·芬奇的美杜莎》是根据达·芬奇的油画创作而来，他们的诗与画之间存在着互文性关系。法国学者吉拉尔·热奈特用"超文性"的概念来说明文本之间的因互文性形成的派生关系。他说：

11　［美］W·J·T·米歇尔，《图像理论》，陈永国，胡文征译，北京大学出版社，
　　　2006 年，163-164 页。
12　［奥地利］西格蒙德·弗洛伊德，《性学三论》，贾宁译，译林出版社，2015 年，
　　　65-66 页。

"我用超文性来指所有把一篇乙文（我称之为超文 hypertexte）和一篇已有的甲文（当然，我称之为底文 hypertexte）联系起来的关系，并且这种移植不是通过评论的方式来实现"[13]达·芬奇的油画《美杜莎》是底文，雪莱的诗是超文，是由绘画派生而来。专门研究吉拉尔·热奈特"超文性"的法国学者萨莫瓦约指出："吉拉尔·热奈特的超文性使我们可以综观文学史（像其他的艺术一样）并了解它的一大特性：文学来自模仿和转换。通过对其他绘画、音乐等艺术实践领域（即热奈特所谓的超美学 hyperesthetique）的审视，我们可以看出这一点的重要性"[14]文学来自模仿和转换，艺术也不例外。"超文性"也可以解释不同艺术之间的模仿与转换。他还说："一篇文本从另一篇已然存在的文本中派生出来的关系，更是一种模仿和戏拟"[15]。显然，雪莱的诗不是戏拟达·芬奇的油画，它是一种改写或再现。

既然，雪莱的诗《咏佛罗伦萨美术馆达·芬奇的美杜莎》与达·芬奇的油画存在着互文性的派生关系，那么，《咏佛罗伦萨美术馆达·芬奇的美杜莎》究竟是如何从绘画转换为诗歌的呢？或者说美杜莎的视觉图像是如何转换为诗歌文本的呢？

第一，《美杜莎》从静止性的视觉图像转换为动态的文字叙述。雪莱的诗《咏佛罗伦萨美术馆达·芬奇的美杜莎》将知识与想象，写实与虚构相融合，绘画的瞬间延展为叙述的情节。诗中美杜莎从凝视天空，仰望高山，到她的脸部特写，再到她的蛇发以及居住的洞穴，雪莱一步步展现了美杜莎的恐怖之美。动态的文字叙述表现在诗歌中动词的使用上，如，"躺着、仰望着、长出、卷曲、伸展、缠绕、扭动、逃离、颤动"等动词描述了美杜莎的姿态动作以及神情。尤其是诗中反复使用"凝视、注视、死盯、偷觑"等视觉行为动词来呈现美杜莎的形象。

第二,《美杜莎》从凝固的瞬间还原为连续性的场景。达·芬奇的油画《美杜莎》仅是头颅面容的特写镜像，是凝视的对象；雪莱的诗则重新赋予美杜莎凝视的权利，无论她仰望峰顶，还是偷觑洞穴，她的凝视充满令人畏惧的魔力。诗中的场景随着美杜莎的凝视而发生变化，由荒野到洞穴。美杜莎的凝视是一种"权利的眼睛"。拉康认为，"在视觉领域中，凝视在主体之外，

13　［法］萨莫瓦约著，《互文性研究》，邵炜译，天津人民出版社，2002 年，40 页。
14　《互文性研究》，22-23 页。
15　《互文性研究》，19 页。

将看者转化成被看者、一幅图像。"[16]雪莱的诗《咏佛罗伦萨美术馆达·芬奇的美杜莎》则翻转过来，将被凝视者变成凝视者，凝视回归主体。从这个意义上说，雪莱诗歌中的美杜莎是"解放了的美杜莎"。

综上所述，作为互文性的《美杜莎》，在达·芬奇的油画与雪莱的诗歌之间转换生成，这类由绘画写成的"读画诗"在西方艺术史上并非个案。如，二十世纪英裔美国诗人奥登依据勃鲁盖尔的四幅油画:《冬日时光的溜冰者和捕鸟器》、《伯利恒的户口调查》、《伯利恒的婴儿屠杀》以及《风景与伊卡洛斯的坠落》写成了"读画诗"——《美术馆》；荷兰著名画家文森特·梵高的代表作《星夜》，也曾先后被美国诗人安妮·塞克斯顿与罗伯特·法格雷斯用诗的方式重构再现，而且诗名与画作名称一致，都叫《星夜》。由此可见，"读画诗"不仅是诗人对绘画的一种特殊的解读，而且还是一种特别的艺术景观，按照米克·巴尔的图像理论，这种现象被称为"换框"，即"把图像置于另一个文本中"。重构语境的换框行为，恰好为视觉图像如何转换诗歌文本的跨艺术比较提供了理论依据。

16　［美］史蒂夫·Z·莱文，《拉康眼中的艺术》，郭立秋译，重庆大学出版社，2016年，112页。

第二章 "伊卡洛斯"在文学与绘画之间的转换

  16 世纪尼德兰的画家彼得·勃鲁盖尔的油画《风景与伊卡洛斯坠落》取材于古罗马诗人奥维德的《变形记》中伊卡洛斯坠海而亡的神话。二十世纪英裔美国诗人奥登依据勃鲁盖尔的四幅油画:《冬日时光的溜冰者和捕鸟器》、《伯利恒的户口调查》、《伯利恒的婴儿屠杀》以及《风景与伊卡洛斯的坠落》写成了"读画诗"——《美术馆》。《冬日时光的溜冰者和捕鸟器》是一幅风景画,《伯利恒的户口调查》和《伯利恒的婴儿屠杀》题材来自《圣经·新约·马太福音》。本文拟以勃鲁盖尔的油画《风景与伊卡洛斯的坠落》的题材来源,如何从诗歌(奥维德《变形记》)转换为油画,又如何从油画转换为诗歌(奥登《美术馆》)尝试进行跨艺术比较。

  伊卡洛斯坠海而亡的神话最早记载于古希腊典籍《希吉诺斯文集》,希吉诺斯是希腊神话家,生活在公元前世纪至公元 1 世纪,他的著作中有关希腊神话成为奥维德《变形记》的来源。《变形记》关于伊卡洛斯的坠落是这样记述的:"下面垂竿钓鱼的渔翁,扶着拐杖的牧羊人,手把耕犁的农夫,抬头望见他们都惊讶得屹立不动,以为他们是天上的过路神仙。在左面,他们早飞过了朱诺的萨摩斯岛、提洛岛和帕洛斯岛;在右面,他们飞过了勒宾托斯岛和盛产蜜蜂的卡吕姆涅岛。伊卡洛斯愈飞愈胆大,愈飞愈高兴,面前是广阔的天空,心里跃跃欲试,于是抛弃了引路人,直向高空飞去。离太阳近了,太阳煦热的光芒把粘住羽毛的芬芳的黄蜡烤软烤化,伊卡洛斯两臂空空,还不住上下拍打,但是没有了长桨一般的翅膀,也就扑不着空气了。他淹死在深蓝色的大海里，直到最后他口里还喊叫父亲的名字。后人就给这片海取了少年的名字。"[1]《变形记》中伊卡洛斯坠落神话解释了地名的由来，即伊卡洛斯坠亡的海域命名为伊卡洛斯海，埋葬伊卡洛斯的海岛叫伊卡利亚。表面上看，伊卡洛斯的神话是因其自负不听父亲代达罗斯的劝告而引发的悲剧，深层意义为"父债子偿"式命定论。代达罗斯曾因嫉妒杀害了他的学生斯塔洛斯，父亲犯下的罪行，由儿子偿还。《变形记》中还有一则太阳神之子法厄同驾日车坠亡的神话，相比而言，法厄同驾日车坠亡的神话显得更为古老，伊卡洛斯坠落的神话或许是这则神话的翻版或改写。

勃鲁盖尔的油画《风景与伊卡鲁斯坠落》，主要以场景和细节来再现伊卡洛斯的坠落。在油画的右下角，伊卡洛斯的腿在水面上绝望地挣扎，他被散落的羽毛环绕着，画面中牧羊人、渔夫和农夫均专注于自己的工作无视这一灾难性场景。勃鲁盖尔并没有表现伊卡洛斯如何飞向太阳，也没有表现蜡翅如何融化。画家只是画了他的两条腿在海上溅出水花的瞬间，而且，伊卡洛斯坠海而亡被放置于一个细小的不引人注意的方位，油画似乎在刻意掩盖或者淡化这个事件。相反，勃鲁盖尔重点描绘农夫犁田，牧羊人放羊以及渔夫专注钓鱼。油画对《变形记》叙述情节的处理使得绘画的主题发生陡转，更像是一幅安静祥和的风景画，伊卡洛斯坠落变成了不仔细看几乎难以发现细节。

法国学者乔治·迪迪-于贝尔曼《在图像面前》一书正好分析了彼得·勃鲁盖尔的油画《风景与伊卡鲁斯坠落》，但主要不是对整幅画的解读，而是重点阐释伊卡罗斯坠海瞬间飞舞的羽毛和水中泛起的泡沫的细节。这个细节不是《变形记》中描述的细节，而是勃鲁盖尔想象性地添加。于贝尔曼分析道："……布鲁日尔（即勃鲁盖尔）这幅画中的羽毛也是一个，甚至是惟一的一个故事、一个叙述说明：这是一个正在沉入海里的人体（一个'落海的'随便什么人），它和这些在画中的不起眼的但却独自将'伊卡洛斯'的含义表达出来的羽毛同时发生。在这种意义上，羽毛是为表现神话场景所必需的肖像学的特性。"[2]羽毛飞舞的细节，不可或缺。在一定程度上，这一细节浓缩指

1　[古罗马]奥维德，《变形记》，贺拉斯，《诗艺》，杨周翰译，上海人民出版社，2016年，212页。

2　[法]乔治·迪迪-于贝尔曼，《在图像面前》，陈元译，湖南美术出版社，2015年，340-342页。

涉了整个神话，类似文学修辞——借代。著名的图像学家潘诺夫斯基指出："肖像学这个词的后缀是从希腊文的动词（'写作'）发展而来的，他暗示了一种对过程的纯粹描述性方法——有时甚至是叙述性的方法。"[3]肖像学是图像学的术语，何谓肖像学？潘诺夫斯基明确说："肖像学是艺术史中研究与艺术形式相对的艺术题材或含义的一个分支。"油画《风景与伊卡洛斯坠落》的题材是古希腊的神话传说，一个与古典有关的题材，也是古典神话传播的载体。潘诺夫斯基认为，题材和含义主要有三类：即"1. 基本的或自然的题材，又分为事实性或表现性题材；2. 从属的或约定俗成的题材；3. 内在含义或内容。"[4]依此分类，油画《风景与伊卡洛斯坠落》属于从属的或约定俗成的题材。肖像学的特性意指描述性和叙述性的过程。绘画因媒介限制，描述性和叙述性的过程被省略或用局部代替整体。伊卡洛斯的神话在西方人所皆知，无需整体性呈现。

　　跨艺术比较主要关注的是艺术之间的互动转换。从诗歌《变形记》到油画《风景与伊卡洛斯坠落》，艺术之间的互动转换是怎样实现的呢？

　　首先，诗歌的动态叙述转化为绘画的静态呈现。由于文学与绘画分属不同艺术，《变形记》中对伊卡洛斯神话是一种过程性的叙述，而油画仅是对瞬间的再现。诚如法国学者乔治·迪迪-于贝尔曼所言："布鲁日尔的整幅画的画面从其精确度本身来讲就像一个被过度压缩的空间。简而言之，细节的特征在此将只与功能的多重性相适合，它不接受一切单一的说明。"[5]勃鲁盖尔的油画《风景与伊卡洛斯坠落》人物、景物与物体并置在一个空间，这是一个压缩性的空间。

　　其次，诗歌场景的迁移转化为绘画场景的组合叠加。《变形记》中伊卡洛斯飞行是时间性的，他飞越了萨摩斯岛、提洛岛、帕罗斯岛、勒宾托斯岛以及卡吕姆涅岛。大跨度的距离和不断转换的空间绘画难以表现，处理的方式只能是对不同时空的场景进行组合叠加。

　　再次，诗歌中人物惊讶表情，伊卡洛斯飞行过程和心理活动在油画中也被绘画中刻意省略或不予呈现。德国艺术理论家莱辛在《拉奥孔》中指出：

3　［美］E·潘诺夫斯基，《视觉艺术的含义》，傅志强译，辽宁人民出版社，1987 年，34-36 页。

4　《视觉艺术的含义》，37 页。

5　《在图像面前》，342 页。

"绘画由于所用的符号或摹仿媒介只能在空间中配合，就必然要完全抛开时间，所以持续的动作，正因为它是持续的，就不能成为绘画的题材。绘画只能满足于在空间中并列的动作或是单纯的物体，这些物体可以用姿态去暗示某一种动作。"[6]勃鲁盖尔的油画《伊卡洛斯之坠海》中伸出的双腿、飞舞的羽毛以及泛起的泡沫，这些姿态都暗示了他坠落的动作。

除人物之外，绘画通过简化、聚合、叠加、省略、模糊等手段重新构筑画面，呈现与诗歌不一样的主题，即人情冷漠。勃鲁盖尔油画场景中人们并没有注意到海上所发生的奇怪而恐怖的死亡事件，惨剧已经发生，然而真正的情节在于渔夫、农夫和牧羊人依然故我地各行其是，他人的苦难与己无关。

资料来自网络，《风景与伊卡洛斯的坠落》。

6　［德］莱辛，《拉奥孔》，朱光潜译，商务印书馆，2016年，89页。

图片来自网络，《伯利恒的户口调查》1566 年。

图片来自网络。《冬日时光的溜冰者和捕鸟器》。

图片来自网络。《伯利恒的婴儿虐杀》，1567 年。

　　如果说，勃鲁盖尔的油画《风景与伊卡洛斯坠落》是第一次从文学到绘画的跨艺术转换，那么，诗人 W·H·奥登（Wystan Hugh Auden，1907-1973）的"读画诗"《美术馆》则是从绘画到诗歌的第二次跨艺术转换或轮回再现。奥登的诗作《美术馆》这样再现勃鲁盖尔的油画：

　　　　关于苦难，这些古典大师

　　　　他们从来不会出错：他们多么深知

　　　　其中的人性处境；它如何会发生，

　　　　当其他人在吃饭，正推开一扇窗，或刚好在闷头散步，

　　　　而当虔敬的老年人满怀热情地期待着（244）

　　　　神迹降世，总会有一些孩子

　　　　并不特别在意它的到来，正在

　　　　树林边的一个池塘上溜着冰：

　　　　他们从不会忘记：

　　　　即便是可怕的殉道者也必会自生自灭，

　　　　在随便哪个角落，在某个邈遇地方，

　　　　狗还会继续过着狗的营生，而施暴者的马

会在树干上磨蹭它无辜的后臀。

譬如在勃鲁盖尔的《伊卡洛斯》中：一切

是那么悠然地在灾难面前转过身去；那个农夫

或已听到了落水声和无助的叫喊，

但对于他，这是个无关紧要的失败；太阳

仍自闪耀，听任那双白晃晃的腿消失于

碧绿水面；那艘豪华精巧的船定已目睹了

某件怪异之事，一个少年正从空中跌落，

但它有既定的行程，平静地继续航行。"[7]

Musee des Beaux Arts

by W. H. Auden

About suffering they were never wrong,

The Old Masters; how well, they understood

Its human position; how it takes place

While someone else is eating or opening a window or just walking

dully along;

How, when the aged are reverently, passionately waiting

For the miraculous birth, there always must be

Children who did not specially want it to happen, skating

On a pond at the edge of the wood:

They never forgot

That even the dreadful martyrdom must run its course

Anyhow in a corner, some untidy spot

Where the dogs go on with their doggy life and the torturer's horse

Scratches its innocent behind on a tree.

In Bruegel's Icarus, for instance: how everything turns away

Quite leisurely from the disaster; the ploughman may

Have heard the splash, the forsaken cry,

But for him it was not an important failure; the sun shone

7　［美］奥登，《奥登诗选》，马鸣谦，蔡海燕译，王家新校，上海译文出版社，2014
年，244-245 页。

As it had to on the white legs disappearing into the green

Water; and the expensive delicate ship that must have seen

Something amazing, a boy falling out of the sky,

had somewhere to get to and sailed calmly on.[8]

　　奥登的诗作《美术馆》是伊卡洛斯坠海而亡神话的又一次艺术之间的转换，奥维德的《变形记》是诗体，《美术馆》也是诗体，从诗歌开始，经过绘画，又重新回到诗歌，期间有两次艺术转换，从起点又回到起点，恰似一种轮回。那么，从油画《风景与伊卡洛斯坠落》到诗歌《美术馆》，艺术之间的互动转换又是怎样实现的呢？

　　第一，奥登的诗作《美术馆》杂糅了勃鲁盖尔的四幅油画，抽象概括统一主题，根据主题的需要，抽取绘画中的场景。《美术馆》整首诗分为两节，前一节糅合了彼得·勃鲁盖尔（Bruegel Pieter）三幅画：即《冬日时光的溜冰者和捕鸟器》、《伯利恒的户口调查》和《伯利恒的婴儿屠杀》。风景画与宗教画合二为一，凸显了宁静与暴虐、祥和与死亡之间的张力。后一节才是伊卡鲁斯坠海而亡神话的叙写。毋容置疑，奥登《美术馆》的主题即是苦难，这在诗歌的第一句表述得很明晰。像耶稣和伊卡洛斯这样的神话英雄，他们造福人类或征服自然的壮举，成为人类长久以来的记忆，即使蒙难殉道或献身也与他人无关，神话英雄的崇高感油然而生。从绘画文本到诗歌文本转换方式，正如法国学者萨莫瓦约所言："文本之间求同存异的效果可以按照四种方式产生：组合（configurationg）、再现（refigurationg）、歪曲（defigurationg）、改头换面（transfigurationg）"[9]可以说，奥登的诗作《美术馆》综合运用了诸如组合、再现、歪曲及改头换面的方式。

　　第二，奥登的诗作《美术馆》从看与听两个方面形成对比，还原了人物动作及心理状态。第一节诗中普通人吃饭、散步、溜冰，"狗还会继续过着狗的营生，而施暴者的马会在树干上磨蹭它无辜的后臀"，大部分人对于耶稣的降生漠不关心。第二节诗中人们面对灾难，"一切是那么悠然地在灾难面前转过身去"，正视变成了背对；"那个农夫或已听到了落水声和无助的叫喊"，叫喊声水声无人回应。绘画与诗歌从色彩画面或语言上说，它们都是视觉艺术，但诗歌既可看也可听。根据绘画表现主题的需要，奥登的诗作

8　https://www.sohu.com/a/194449347_263508。

9　［法］萨莫瓦约著，《互文性研究》，邵炜译，天津人民出版社，2002 年，140 页。

《美术馆》叙写了伊卡洛斯与农夫、伊卡洛斯与船之间不同表现，对比凸显无视苦难的主题。

　　第三，奥登的诗作《美术馆》与勃鲁盖尔油画《风景与伊卡洛斯坠落》的手法相似，即奥维德《变形记》的故事情节缩略萃取为场景与细节。诗歌中"太阳仍自闪耀，听任那双白晃晃的腿消失于碧绿水面"与油画里伊卡罗斯坠海瞬间飞舞的羽毛和水中泛起的泡沫的细节以及双腿水中挣扎的动作极为类同。

　　西方文艺史上以伊卡洛斯神话为题材的作品为数众多，形成以伊卡洛斯神话为中心的题材史。有研究者指出："在《伊卡洛斯神话：从奥维德到W·毕尔曼》这部文本汇编中，编者汇总了从古到今的作家诗人如奥维德、贺拉斯、J·桑那扎罗（JacopoSannazaro）、歌德、波德莱尔、格奥尔格、奥登、E·扬德尔（ErnstJandl）、W·毕尔曼（WolfBier-mann）等创作的伊卡洛斯形象，分为五大类：1. 父与子：古希腊罗马时期的代达洛斯与伊卡洛斯；2. 罪人、英雄、爱人：文艺复兴与巴洛克时期的伊卡洛斯；3. 艺术家与殉难者：古典到古典现代的伊卡洛斯；4. 反叛者与革新者：从表现主义到第二次世界大战的伊卡洛斯们；5. 乌托邦主义者：当代德语文学创作中的伊卡洛斯。"[10]伊卡洛斯在西方不同时期的文学中以不同形象出现，这说明神话本身蕴含着多义性，文学艺术家根据自己的解读，赋予神话新意义，伊卡洛斯也以新形象呈现。

　　此外，美国诗人 W·C·威廉斯（1883-1963）也写过类似的题材，名为《伊卡鲁斯之坠落的风景》：

> 伊卡鲁斯之坠落的风景
>
> 据勃鲁盖尔
>
> 当伊卡鲁斯坠落时
>
> 正是春天
>
> 农夫在耕耘
>
> 他的田地
>
> 整个年度的

---

10 杨宏芹，伊卡洛斯形象在 19 世纪的演变——以歌德笔下的欧福里翁－拜伦、波德莱尔与斯特凡·格奥尔格的几篇诗作为例，《江苏师范大学学报》（哲学社会科学版）第 40 卷 2014 年，第 5 期，24 页。

盛会都

咿呀醒来

围在

大海边上

而它只操心

自己

那蒸腾的阳光

甚至能熔化

翅膀的蜡

无关紧要地

就在岸边

那里有

一朵水花根本没人注意

这就是

伊卡鲁斯被淹死[11]

Landscape With The Fall of Icarus

William Carlos Williams(1883-1963)

According to Brueghel

When Icarus fell

It was spring

A farmer was ploughing

His field

The whole pageantry

Of the year was

A wake tingling

near

The edge of the sea

concerned

With itself

11　[美]《威廉·卡洛斯·威廉斯诗选》，傅浩译，译文出版社，2015年，466页。

Sweating in the sun

That melted

The wings' wax

unsignificantly

Off the coast

There was

As plash quite unnoticed

This was

Icarus drowning[12]

　　日本小说家三岛由纪夫也创作过名为《伊卡洛斯》的诗，据说还是在飞机上创作的。此外，立陶宛诗人梅热拉伊蒂斯也写过一首《伊卡洛斯》的诗，是纪念俄罗斯宇航员加加林的诗作。美国学者吉尔伯特·海厄特在《古典传统：希腊罗马对西方文学的影响》一书中提到："年轻的意大利诗人克罗德波西斯（Lauro de Bosisi）的悲剧《伊卡洛斯》（Icaro，1927年）把代达洛斯和伊卡罗斯父子描绘成了思想的英雄、铁的发现者和第一批在空中翱翔的人类。"[13]从神话学的角度看，伊卡洛斯属于精神分析学家荣格所谓的"永恒的男孩"。实际上是永远长不大的男孩。艺术史上相同题材的文艺作品之间的叠加交织形成多重的互文性关系。互文性理论的创立者朱丽娅·克里斯蒂娃提出："任何本文都是对其它本文的吸收和转化。"勃鲁盖尔的油画《风景与伊卡洛斯坠落》吸收利用了奥维德《变形记》的题材，而诗人奥登《美术馆》则是对油画《风景与伊卡洛斯坠落》的转换再现。荷兰学者米克·巴尔指出："通过重复使用早先作品中的形式，艺术家领会了文本，其中借用的典故得以解脱出来，同时用碎片建构新的文本。"[14]用碎片建构新的文本，这大概是从一种艺术转换为另一种艺术的通则。

---

12 Williams, William Carlos, Pictures From Brueghel and Other Poems (New York: New Directions Publishing Corporation,1962):4.

13 ［美］吉尔伯特·海厄特，《古典传统：希腊罗马对西方文学的影响》，王晨译，北京联合出版公司，2019年，527页。

14 ［荷兰］米克·巴尔，艺术与跨界符号，蔡熙译，《绘画中的符号叙述：艺术研究与视觉分析》，段炼编，四川大学出版社，2017年，65页。

第三章　《星夜》从绘画到诗歌

　　绘画与文学的相互转换是跨艺术比较的课题之一。艺术史上这种转换并非个案，例如，16世纪尼德兰画家勃鲁盖尔的油画《伊卡鲁斯坠落之景象》，就取材于古罗马诗人奥维德《变形记》——伊卡鲁斯坠海而亡的神话。英裔美国诗人奥登（W·H·Auden，1907-1973）为这幅画还作了一首名为"美术馆"的诗，美国诗人 W·C·威廉斯（William Carlos Williams，1883-1963）也根据勃鲁盖尔的油画《伊卡鲁斯坠落之景象》写成了诗作《伊卡鲁斯的坠落》，诗歌变为绘画，又变回诗歌。

　　绘画与文学之间的频繁互动甚至轮回再现，需要一种理论来解释回应，遗憾的是，迄今尚未有一种跨艺术比较的理论，因而，从个案开始研究，进而推演理论是可能的，也是必要的。荷兰著名画家文森特·梵高（Vincent Willem van Gogh，1853-1890）的代表作《星夜》，就先后被美国诗人安妮·塞克斯顿与罗伯特·法格雷斯用诗的方式重构再现，而且诗名与画作名称一致，都叫《星夜》。此外，美国乡村民谣歌手唐·马克林的歌曲《星夜》，其创作的灵感也来自梵高的名画《星夜》，用音乐向梵高致敬。本文主要以梵高与安妮·塞克斯顿的同名画作与诗作为个案，尝试进行跨艺术比较。

一、作为图像的《星夜》

图片来自网络。文森特·梵高，油画《星夜》，1889年。

美国学者 W·J·J·米歇尔在《图像理论》一书中说："图像理论的战略性主张是，图像与文本之间的互动构成了这种再现：所有的媒体都是混合媒体，所有的再现都是异质的，没有纯粹的视觉或语言艺术。"[1]这表明图像与文本的互动转换，其实质是艺术地再现。绘画的线条、色彩、构图、明暗关系等成为可视的语言。虽然绘画与诗歌媒材各不相同：一个是文字，一个是色彩，但能达到出人意料的异质同构，因此，艺术从媒材到手段都具有混合性。艺术的混合性正是跨艺术比较的前提与基础。

文森特·梵高的油画《星夜》作于 1889 年 6 月法国圣雷米疗养院，2017年热播的电影《至爱梵高》（Loving Vincent）重新复制油画《星夜》并且变成可以运动的油画镜头。如何解读梵高的这幅名画呢？英国学者理查德·豪厄尔斯提出，观看解读绘画的简单逐层深入的方法是："（1）绘画的类型或风

---

1 ［美］W·J·J·米歇尔，《图像理论》，陈永国，胡文征译，北京大学出版社，2006 年，序，5 页。

格；（2）中心的或基本的主题；（3）特定场景的位置或环境；（4）作品所描绘的历史时期；（5）作品所展示的年份或季节；（6）作品描绘的一天中的时光；（7）作品所捕获的瞬间。"[2]这个方法或分析层次看起来并不复杂，而且可以操作。依此方法逐层分析解读不失为一种简便的路径。从绘画类型看，梵高的《星夜》是一幅风景画。以风格论，则属于后印象主义画派。弯曲似漩涡状的长线与破碎的短线相交织，使画面显示奇幻景象。按"所见即所得"的原理，这幅画的中心的或基本的主题是星夜。画面主要景物及位置是：高大似火焰的柏树处于前景，山谷里的小村庄处于中间，尖顶的教堂以及天空中的星星及月亮则属远景。绘画的展示的年份、季节以及一天中或者一天中不同时段的时光都是确定的，即夏季星夜。构图上，村庄与天空形成对比，纵向柏树与横向山脉保持了画面平衡。主色调为蓝色，这幅画可称之为蓝色之夜。据说，《星夜》是梵高从带有铁栅栏的窗户眺望外面的景色。梵高生前对日本的浮世绘情有独钟，《星夜》中涡状星云画风被认为参考并融入了日本浮世绘大师葛饰北斋的《神奈川冲浪里》的绘画元素。

拉康认为，"画家作品不是眼中所见事物的再现，而是在面对他者充满渴望的凝视时，充分表达出来的牺牲性行为的最终结果"[3]这即是说，眼睛所见不一定是真实的。值得注意的是，《星夜》创作于梵高精神病治疗康复期，这幅油画中他反常地把黑夜涂抹上如大海般的蓝色，蓝色基调主宰了整个画面，表达出忧郁的情感。《星夜》中那些像海浪及火焰一样翻腾起伏的星空，躁动不安，激情燃烧，并非常态，而是一种幻觉，如梦境一般。弗洛伊德指出："神经病的症候，正和过失及梦相同，却各有其意义，而且也像过失与梦，都与病人的内心生活有相当的关系"[4]梵高创作此画的内心生活是怎样的呢？除了与他有关的书信可知外，画作应是窥探他内心世界的有效窗口。绘画中艳丽浓烈的色块使他的画作高光突兀，这恐怕是他易受伤害的心灵的一种防御机制或者说是有意伪装。《星夜》看起来更像是黑夜中的白日梦。油画《星夜》是梵高将自己的精神压抑、扭曲及亢奋全部升华为艺术杰作。

2 ［美］理查德·豪厄尔斯著，《视觉文化》，葛红兵译，万华，曹飞廉校，译林出版社，2014 年，9 页。
3 ［美］史蒂夫.Z·莱文（Steven. Z. Levine），《拉康眼中的艺术》，重庆大学出版社，2016 年，118 页。
4 ［奥地利］弗洛伊德，《精神分析引论》，高觉敷译，商务印书馆，1996 年，202页。

二、作为诗歌的《星夜》

美国女诗人安妮·塞克斯顿诗歌《星夜》重构再现了梵高的名画，他写道：

那并阻挡不了我——我是否该说出说出这个词——对宗教的
迫切需要。于是我便在夜晚出去画星星。

——梵高致弟弟书中语

这个城镇不存在
只剩一棵黑发老榆树偷偷伸懒腰
它像一个溺水的女人溜进炎热的天空。
寂静的小镇只有夜的黑锅煮沸了十一颗星星。
哦，闪光的星夜！
我愿这样死去。
星星在移动，它们都是活的生命。
甚至月亮也在橙色的铁圈中膨胀
犹如上帝，从他的眼中推开孩子们。
隐形的古蛇吞尽了众星。
啊，星光灿烂的夜！
我真想这样死去：
撞入夜那匆促的野兽，
让这条巨龙吸我的生命
没有旗帜
没有腹腔，
没有呼吸。[5]

The Starry Night

Anne Sexton

That does not keep me from having a terrible need of--shall I say
the word--religion. Then I go out at night to paint the stars.

——Vincent Van Gogh in a letter to his brother

---

5 ［美］罗伯特·罗威尔（Robert Lowell），《美国自白派诗选》，赵琼，岛子译，漓江出版社，1987 年，150-151 页。

The town does not exist

except where one black-haired tree slips

up like a drowned woman into the hot sky.

The town is silent. The night boils with eleven stars.

Oh starry starry night! This is how

I want to die.

It moves. They are all alive.

Even the moon bulges in its orange irons

to push children, like a god, from its eye.

The old unseen serpent swallows up the stars.

Oh starry starry night! This is how

I want to die:

into that rushing beast of the night,

sucked up by that great dragon, to split

from my life with no flag,

no belly,

no cry.[6]

　　另一位美国诗人罗伯特·法格雷斯写作的同名诗歌《星夜》这两位美国诗人用同名诗作向画家梵高致敬。无论是安妮·塞克斯顿诗中的死亡与宗教，还是罗伯特·法格雷斯疯狂与激情，都以诗的方式解读梵高及其画作。安妮·塞克斯顿诗立足于梵高画作的画面，罗伯特·法格雷斯表现梵高作画时的心境体验。W·H·奥登（Wystan Hugh Auden，1907-1973）是公认的美国现代诗坛的代表人物。奥登的诗作《那更爱的人》虽然没有根据梵高的画作《星夜》为创作题材，诗中描写也不是梵高星空，更多的是一个象征隐喻，一种个人心境抒发，将星星比作爱情，比做恋人，仰望星空即是精神之恋，虽遥不可及，但依然仰望。梵高的《星夜》81年后，美国乡村民谣歌手唐·马克林为纪念荷兰的伟大画家文森特·梵高而作收录在专辑《American Pie》（美国派），歌曲创作的灵感来自梵高《星夜》。歌曲《星夜》像是一首舒缓悠扬叙事曲，用声音讲述梵高的生平国王以及作画的心境。无论是旋律还是歌词，

6　https://www.best-poems.net/anne_sexton/index.html。

敏锐洞悉出梵高内心的苦楚，表达了对这位天才画家的深深的理解与敬意。

歌中用极尽绚烂的词藻来描绘梵高的画作《星夜》，使听者仿佛眼前闪过无尽的鲜亮色彩。唐·麦克林以朴实无华的语言来倾诉梵高内心的痛苦，似乎在平静的叙述梵高作画的情境、心绪以及想象，表达梵高的心中的苦痛郁闷，不被世人所理解。并由此得出一个结论：伟大即孤独。

《星夜》这首诗是美国自白派女诗人安妮·塞克斯顿（Anne Sexton，1928-1974）诗作中的精品，创作于 1960 年 5 月，次年 9 月发表在《国家》（The Nation）杂志，1962 年收入她的第二部诗集《所有我可爱的人》（All My Pretty Ones），此后多次编入诗选。全诗共三节，第一节第一句"一个并不存在的城镇"，似乎与画作吻合，表示一个带有地域性敞开的空间；第二句原文"except where one black-haired tree slips"，其中"黑发的树"，不知译者为何译为"老榆树"？人所皆知，树在精神分析学中指男性生殖器。第三句"滑或溜"原文 slips，意指手淫。弗洛伊德说："手淫则以是滑动、溜动、折枝为喻，都是很典型的"[7]。第二、三节诗中，"隐形的古蛇"old unseen serpent，"匆促的野兽"即 rushing beast 也可译为"旺盛的野兽"，"巨龙"great dragon，这些词汇大多都与性器官有关，弗洛依德指出："感官的兴奋而有情欲的人们则喻为野兽"[8]没有旗，没有肚子，没有哭喊，my life with no flag, no belly, no cry。好像肉体与精神都被分离掏空，从诗中描述过程看，更像是性事的幻想或体验。

恐怕不能排除，整首诗似乎在描述一个性梦或者手淫的过程，从前戏到高潮通过隐喻方式再现。有学者指出："在塞克斯顿连续七本诗集中，全部的主题都与精神错乱、性裸露、堕胎、死亡、家庭解体、信仰矛盾有关。她以一种努力追溯感性急剧转变的近似自言自语的风格，与个人梦魇反复格杀"[9]这首诗中呼唤死亡，渴求死亡源于安妮自身精神状况，她曾患精神病导致神经崩溃，写诗成为诗人自我治疗的一种手段，充斥着恐惧和焦虑的诗歌见证了她的自我救赎，自我剖析。弗洛伊德曾说过："幻念也有一种可返回现实的一条路，那便是——艺术。……艺术家所发现的可返回现实的经过略述如下：过幻念生活的人不限于艺术家；幻念的世界是人类所同容许的，无论哪

---

7 《精神分析引论》，117 页。
8 《精神分析引论》，119 页。
9 《美国自白派诗选》，译者前言，2 页。

一个有愿未遂的人都在幻念中去求安慰。然而没有艺术修养的人们，得自幻念的满足非常有限；他们的压抑作用是残酷无情，所以除可成为意识的昼梦之外，不许享受任何幻念的快乐。至于真正的艺术家则不然。第一，他知道如何润饰他的昼梦，使失去个人的色彩，而为他人共同欣赏。第二，他又有一种神秘的才能，能处理特殊的材料，直到忠实地表现出还念的观念；……"[10]艺术即白日梦，这是精神分析学说的经典论断。幻念，在弗洛伊德的精神分析学中一般表述为"原始幻念"，大多与性本能相关。按照精神分析学原理，原始幻念长期压抑得不到释放，就会变成精神病；艺术家将原始幻念升华转化为艺术作品，原始幻念就得以释放。

安妮·塞克斯顿的诗歌《星夜》即是夜中的昼梦。诗人把自己被压抑的本能借梵高的绘画加以再现释放，在某种程度上，诗歌《星夜》还准确无误地对梵高创作《星夜》的精神状态作了还原呈现。梵高的画作《星夜》被美国诗人安妮写成了诗，从绘画到诗歌，成为跨艺术研究的最为经典个案之一。两位艺术家内心的痛苦，精神的疯狂、渴望死亡的艺术的体验使得梵高与安妮成为知音同道。

三、作为互文性的《星夜》

互文性指的是一个确定的文本与它所引用、改写、吸收、扩展、或在总体上加以改造的其它文本之间的关系，并且依据这种关系才能理解这个文本。文本互涉或互文性的现象不仅存在于文学文本之间，而且在文学文本与艺术文本之间也是存在的。法国学者朱丽娅·克里斯蒂娃说："任何一篇文本都是对另一个文本的吸收和改造"[11]绘画与诗歌的《星夜》就形成了互文性。法国学者萨莫瓦约指出："文本之间求同存异的效果可以按照四种方式产生：组合（configurationg）、再现（refigurationg）、歪曲（defigurationg）、改头换面（transfigurationg）"[12]在绘画与诗歌的相互转换中，再现（refigurationg）应是最主要的方式。

"文学把绘画看作是'沉默的诗'"[13]这句话至少表明：绘画与诗歌有

---

10 《精神分析引论》，301 页。

11 ［法］朱丽娅·克里斯蒂娃，《符号学，语义分析研究》，转引自萨莫瓦约著，《互文性研究》，邵炜译，天津人民出版社，2002 年，4 页。

12 ［法］萨莫瓦约著，《互文性研究》，邵炜译，天津人民出版社，2002 年，140 页。

13 《图像理论》，86 页

融通之处，它有诗的形象，动感及跳跃性；沉默则表明绘画定格的瞬间、静止及无声。诗歌也可用语言构图、着色，表现形象。这种说法大概源自德国启蒙运动时期的剧作家、文艺批评家 G·E·莱辛（1729-1781）的《拉奥孔》，即副标题为《论画与诗的界限》一文。钱钟书先生曾说："《拉奥孔》里所讲绘画或造型艺术和诗歌或文字艺术在功能上的区别，已成为文艺理论的常识了。它的主要论点——绘画宜于表现"物体"（Korper）或形态而诗歌宜于表现"动作"（Handlungen）或情事这个主要论点，中国古人也有讲过的。"[14]绘画表现的是静止的状态，物质性的；诗歌借助动词可以表现动态及心理活动。如在诗歌《星夜》中，诗人安妮用"伸、溜、推、吞、吸"等动词展示连续性的动作，使人产生联想。钱钟书还引用黑格尔的话说，诗歌要优于绘画："绘画不比诗歌和音乐，不能表达一个情景、事件或动作的继拔发展，只能抓住一个片刻，因此该挑选那集中表现前因和后果的一片景象，譬如画打仗，就得画胜负已定而战斗未毕的这个片刻。"[15]片刻或者瞬间说的是绘画在叙事功能上的局限性，但这并不意味着诗歌优于绘画。

跨艺术比较不是简单比较各种艺术的优劣，而是要研究艺术之间是如何相互转化。诗歌如何变为绘画呢？从两种艺术的表现对象看，绘画与诗歌不同，诗歌运用想像，而绘画则真实展现。诗歌形象需要文字转换，绘画直接把物体摄入印象。诗歌《星夜》运用文字再现绘画，主要是以联想想象的方式再现梵高绘画中描摹的自然。图像理论告诉人们："词与形象的关系恰似词语与客体的关系。在视觉与文字再现的世界里，形象文本重写了名与实，可说与可视，讲述与体验之间的转换关系"[16]。在诗歌《星夜》中这种艺术再现也可倒过来：绘画的实、可视、体验变为文学的名、可说与讲述。但它们之间明显地存在着个体主观的差异，只不过梵高与安妮相似的精神状态淡化了差异，甚至表现出惊人的相似性。

综上所述，安妮的诗歌《星夜》绝不是梵高绘画的翻版或者重写，而是一种创造性的再现，它提供了文学文本与艺术文本之间互动转换的样本，即，诗歌与绘画所形成的互文性关系。绘画与诗歌的跨艺术比较正是要研究它们之间的转换方式——再现。

---

14 钱钟书，读《拉奥孔》，载《文学评论》，1962 年，05 期，第 59 页。

15 读《拉奥孔》，64 页。

16 《图像理论》，235 页。

第四章 《奥林匹亚》从绘画到诗歌

　　《奥林匹亚》是十九世纪法国印象主义画家爱德华·马奈（Edouard Manet, 1832-1883）的代表作之一。《奥林匹亚》创作于1863年，1865年5月首次展出，立刻引发争议。大约一百年以后，加拿大诗人小说家玛格丽特·阿特伍德（Margaret Atwood）根据马奈的油画《奥林匹亚》创作了一首名为《马奈的〈奥林匹亚〉》的诗歌。马奈的画与阿特伍德的诗构成互文性。以下拟以它们之间的互文性关系为基点，分析探讨《奥林匹亚》从绘画到诗歌的转换。

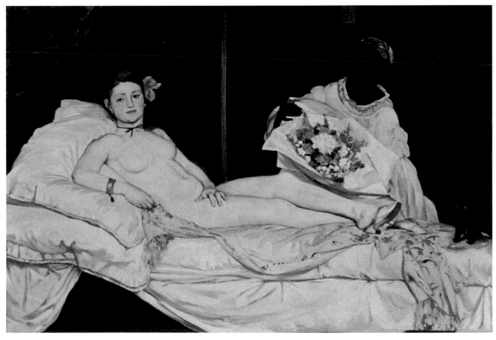

爱德华·马奈，《奥林匹克》（Olympia）1863年，布面油画。现收藏于巴黎奥赛博物馆。

马奈的油画《奥林匹亚》描绘了一个斜躺在床上裸女，一个黑人女仆以及一只黑猫。油画中裸女上半身呈半坐斜躺姿态，右肘靠在枕头之上，左手掩盖下半身的三角区，全身赤裸。她的左小腿与右小腿交叉，棕色头发，光洁束发，扎粉红布花结，脖子戴黑色项圈并配有挂坠，左手腕戴手镯，赤脚穿拖鞋，她双目凝视，面色红润，表情平静安详。一个着粉红色衣的黑人女仆手捧花束站在床侧，注视着裸女。裸女脚下站着一只尾巴高翘的黑色的猫。裸女头发上的饰带、黑天鹅的线颈饰、手镯、花束和床上带花卉图案的布料以及黑猫和黑色女仆格外显眼。总体而言，整幅油画裸女身后的两种不同颜色的背景将画面自然分割为两个视点，即裸女为一个焦点，女仆和猫为另一个焦点。艺术理论家阿瑟·丹托曾对马奈的《奥林匹亚》曾有过描述，他说："这幅作品表现的是名妓维克多琳·缪兰特（Victorine Meurant）她赤身裸体，美艳无比，光着脚，脖子上戴了条缎带，在寻花问柳的人看来她艳压群芳，一名黑人女佣静候一旁，手拿鲜花，这鲜花无疑是顾客所送。"[1]阿瑟·丹托对《奥林匹亚》的文字描述是精准到位的，但也有合理想象的成分，如关于鲜花的来源。马奈的油画《奥林匹亚》并非横空出世，而是借鉴了前辈画家同类画作。当代美国艺术史学者尤妮斯·利普顿曾创作了一部名为《化名奥林匹亚——一段女人寻找女人的旅程》的小说，借助非虚构的写作手法，她试图还原马奈油画《奥林匹亚》的女模特维多琳·默兰的生活。小说中她以艺术批评家的眼界对油画《奥林匹亚》进行描述："奥林匹亚并不是一般常见的裸体女人，不是那种在床上隐隐约约地包裹着，恳求被爱，或是认命地垂下双眼的裸体女人。她更不会轻佻地笑。相反地，她傲慢地掌控一切，斜躺在丝质枕头上，大胆而坚定地凝视着，她那坚实细小的身躯和特有的双手则是一种预兆。现在我看得出来，娇柔作态的黑人女仆和拱起背脊的猫儿甚至掩盖了些许诱惑情事。"[2]尤妮斯·利普顿的描述不全是文学性的，其中还有查阅文献和采访调查获取的材料以及作为艺术批评家对这幅油画特有的审美判断。英国艺术批评家格丽塞尔达·波洛克指出："在对于《奥林匹亚》的研究中，很多前人都追溯了躺着的白人裸体人物的原型——最明显的实体到

1　[美]阿瑟·丹托，《何谓艺术》，夏开丰译，樊黎校，商务印书馆，2018年，7页。

2　[美]尤妮斯·利普顿，《化名奥林匹亚——一段女人寻找女人的旅程》，陈品秀译，广西师范大学出版社，2008年，2页。

了提香创作的《乌尔宾诺的维纳斯》（Nude Venus of Ulbino，1538，佛罗伦萨乌菲奇宫）马奈于 1835 年临摹了这幅作品，同时，戈雅的《裸体的玛雅》（Nude Maja，马德里，普拉多博物馆）也成为了这幅作品的另一个来源"[3]波洛克指明马奈油画《奥林匹亚》有两个临摹借鉴的来源原型，同时，她也提到了马奈油画的特别之处，她借用萨义德的东方主义理论解读到："在欧洲绘画中，一位象征着奴隶或者仆人的非洲女人，加上东方闺房或者其他室内场景，以及斜卧着或衣或裸的女人，这个图像组合代表了欧洲与世界的两种不同关系的历史性结合，它通过殖民主义统治世界，通过奴隶制实现压迫和剥削。"[4]波洛克对《奥林匹亚》的解读与布列逊的分析基本一致，同时暗示马奈油画《奥林匹亚》具有东方情调和东方主义色彩。

　　然而，大多数研究者还是从性的视角对《奥林匹亚》分析阐释。例如，英国图像学家诺曼·布列逊就是这样分析解读的，他说："在马奈的《奥林匹亚》中，图像涉及两种极端的互不相容的符码，它们都是性的再现的符码：作为宫廷婢妾、偶像崇拜对象的女人，作为景观消费的女人，作为影像的女人；作为娼妓、不仅可视觉地也可身体地占有的女人，作为性的滥用、被剥削的性的女人。观者对这些矛盾的符码已然感到熟悉并不是问题：这种熟悉正是这样的影响所预设的。"[5]这种带有符号学色彩的阐释，意在说明马奈的油画《奥利皮亚》是性的符码。对马奈油画《奥林匹亚》的性分析，来源于性所暗含的双重意义，一方面性与性别相关自然走向女性主义批评，另一方面性与阶级、身份相关，自然引发权力结构的分析。另一位英国艺术批评家克拉克指出："裸体画是为男人而作，其中'女人'被建构为他人欲望的对象。"[6]女性被建构为男性欲望的对象，显然是男权社会所致。他还说："奥林匹亚的阶级不在他处而在她的身体里，这一事实让他们困惑不解：猫、黑人女仆、兰花、花束、拖鞋、珍珠、耳环、项圈、屏风、披巾——它们都是诱饵，没有意义，或者没有特殊意义。那赤裸的身体与它们毫无关系，就像在

3　［英］格丽塞尔达·波洛克，《分殊正典：女性主义欲望与艺术史的书写》，胡桥，金影村译，江苏凤凰美术出版社，2019 年，376 页。

4　《分殊正典：女性主义欲望与艺术史的书写》，382 页。

5　［英］诺曼·布列逊（Norman Bryson）《视阈与绘画：凝视的逻辑》，谷李译，重庆大学出版社，2019 年，191 页。

6　［英］克拉克，《现代生活的画像：马奈及其追随者艺术中的巴黎》，沈语冰，诸葛沂译，徐建校，江苏美术出版社，2013 年，179 页。

进行一场自白。"[7]约翰·伯格进一步揭示了这种不平等的根源，他说："在欧洲的裸像艺术中，画家、观赏者-收藏者通常是男性，而画作的对象往往是女性。这不平等的关系深深植根于我们的文化，以至于构成众多女性的心理状况。她们以男性对待女性的方式来对待自己。她们像男性般审视自己的女性气质。"[8]可见，西方传统绘画一直以来都以男性的眼光审视裸体艺术，而且已经植根于西方文化。

从西方裸体艺术发展的历史看，自希腊以来女性裸体的主角一般为女神，绘画的空间也在自然环境之中，几乎没有室内场景。如达·芬奇的《丽达与天鹅》、提香的《乌尔宾诺的维纳斯》、戈雅的《裸体的玛雅》等。英国学者肯尼斯·克拉克在《裸体艺术——理想形式的研究》一书中详细分析了西方裸体艺术的流变，指出："奥林匹亚是按年轻的瓦拉瓦乔的画风绘制的，对颜色的感觉更敏感。但单凭这一点并不会惹恼艺术爱好者们。他们愤怒的真正原因在于这幅画几乎是文艺复兴以来第一个在可能环境中真实妇女的裸像。……奥林匹亚是一个人的肖像，它吸引人的，但又非常独特的身体是在一个她可能会在的地方。艺术爱好者们突然发现他们所熟悉的能见到的真实裸像的环境。"[9]因此，油画放置女性裸体的情境迁移导致马奈的油画《奥林匹亚》备受争议。

马奈的油画《奥林匹亚》之所以引起争议，除画中环境改变外，主要原因有三点：一是画中模特的妓女身份；二是对古典油画解构性模仿；三是画中的黑人女仆。奥林匹亚既是古希腊众神汇集之地——奥林匹亚山，又是油画名称或画中裸女的名字。它们之间相互关联，意在解构古典油画的主题。马奈的油画《奥林匹亚》标志着 19 世纪西方油画的新变化，裸女从女神到妓女，环境从室外到室内，马奈的油画《奥林匹亚》作为西方油画传统的反叛者，也成为传统与现代的分界线。研究者指出："马奈没有恪守西方文艺复兴以来的焦点透视传统，而是在同一幅绘画中变换视点，并让看画者跟着画家变换视点，结果画面的空间关系被消解了，再现被颠覆了。在这个意义上

---

7 《现代生活的画像：马奈及其追随者艺术中的巴黎》，198 页。

8 ［英］约翰·伯格，《观看之道》，戴行钺译，广西师范大学出版社，2015 年，89 页。

9 ［英］肯尼斯·克拉克，《裸体艺术——理想形式的研究》，吴玫，宁延明译，中国青年出版社，1988 年，127 页。

说，是马奈第一次使旧时代的看画者成为现代看画者。"[10]这段文字从作画者
与看画者的角度看，分析了《奥林匹亚》在西方绘画史上划时代的价值和意
义。

　　加拿大当代著名诗人、小说家和批评家玛格丽特·阿特伍德（Margaret
Atwood）写过一首名为《马奈的〈奥林匹亚〉》的诗，这是阿特伍德根据马奈
的油画创作的一首名副其实的"读画诗"。其诗如下：

> 她斜躺着，差不多那样。
> 试试那种姿势，几乎算不上无精打采。
> 她的右臂摆成锐角。
> 用她的左臂，她被掩藏起她的伏兵
> 穿着鞋，却没有袜子，
> 多么邪恶。她耳朵后面的
> 花自然不是真的
> 花，而是从沙发
> 布料中裁下的一片。
> 窗子（如果有）是关着的。
> 在这位（衣衫整齐的）女仆头顶上方
> 是一个看不见的发声气球：荡妇。
>
> 但是。请仔细观察这个身体，
> 不虚弱，带有挑衅，苍白的乳头
> 盯住你的靶心。
> 也请仔细看看围绕在脖力上的
> 黑色丝带。它下面是什么？
> 一条精美的红色丝线，这颗头颅
> 曾被割断而后又重新黏合好。
> 这件身体待出售，
> 但仅到脖子为止。
> 这不是一块可口的点心。
> 给她穿上衣服，你就会看到一个教师，

_____

10 段炼，《阅读福柯论马奈——有关凝视和再现的译文导读》，载《美术观察》，2011
年，第 4 期，125 页。

那种拿脆弱教鞭的教师。

这间房子里另有其人。

你，窥视者先生。

至于你的那个物件

她已经见过那些，更好的。

我，头颅，这幅画

唯一的主体。

你，先生，是家具。

被塞满吧。[11]

玛格丽特·阿特伍德的《马奈的〈奥林匹亚〉》是一首自由体诗。全诗有四节，前两节各十二句，后两节各四句，共三十二句。这首诗既是对马奈油画《奥林匹亚》的描述，又是对油画观感的书写。诗的第一节描述"她斜躺着，她的右臂摆成锐角。"锐角是指大于 0°而小于 90°的角。米歇尔·福柯曾说："这个维纳斯，就是马奈的这幅《奥林匹亚》，是一个替代品，一个复制品，或者干脆说是裸体的维纳斯，躺卧的维纳斯，尤其是提香的维纳斯等主题的一个变体。"[12]斜躺的奥林匹亚即是斜躺的维纳斯，斜躺成为一种固定的姿态，不同的是人和神有区别。其实，马奈的《奥林匹亚》更接近意大利文艺复兴艺术大师乔尔乔内创作于 1510 年的《沉睡的维纳斯》（Sleeping Venus）。诗句"用她的左臂，她被掩藏起她的伏兵"，伏兵即是女性身体的三角区，这个三角与上一句诗中的锐角，既对称又相呼应。"伏兵"一词既可指女性身体的隐秘的两腿之间的三角区，又喻指被掩盖被压抑的情欲。第一节最后一句点出了裸女的身份：荡妇。这既是裸女真实的身份，又是对观画者的嘲讽。第二节诗中是对裸女细节的描述，如她的乳头，脖子上的黑丝带等。尤其是阿特伍德敏锐地指出了油画《奥林匹亚》的缺陷，她说："这颗头颅曾被割断而后又重新黏合好。"这句诗是阿特伍德对《奥林匹亚》的艺术评判，油画中裸女的头颅与身体不协调不自然，显得有点僵硬。而"这不是一块可口的点心。"一句诗则用日常生活中可食的甜点，比喻待出售的身体，身体

11　[加]玛格丽特·阿特伍德，《吃火》，周瓒译，河南大学出版社，2015 年，266-267 页。

12　[法]米歇尔·福柯，《马奈的绘画》，谢强，马月译，湖南教育出版社，2009 年，34 页。

既可买卖，又可食用。后两节诗基本上是观画者或窥视者与裸女之间的对话互动，也可以说是嫖客与妓女之间的对话互动。诗中的"物件"、"家具"都是男性性器的直白指称。总之，在《马奈的〈奥林匹亚〉》一诗中诗人以调侃戏谑的语言与女性主义视角嘲讽了男性中心主义的观看之道。

诗画理论最有代表性的著作是莱辛的《拉奥孔》。朱光潜先生曾对莱辛的美学著作《拉奥孔》关于诗画理论的分界有精准的概括，并用一言以蔽之："诗与画因媒介不同，一宜于叙述动作，一宜于描写静物"[13]的确，马奈的油画《奥利匹亚》是肖像画，可以视为描写静物，但阿特伍德的诗歌《马奈的〈奥林匹亚〉》描述了一种场景和想象性的对话。如果把想象性的对话看成是叙述动作的话，那么，《奥林匹亚》从绘画到诗歌的转换，首先是从静止性的视觉图像转换为动态的文字叙述。诗歌《马奈的〈奥林匹亚〉》中诸如"她斜躺着"、"她被掩藏"、"被割断"、"待出售"以及"被塞满"等表示被动的行为动词，一方面说明画中人物被放置在床上"摆拍"，与在橱窗中展示一样；另一方面说明画中裸女主体身份的缺失，犹如牵线木偶一般。这表明了画中人物的主体性缺失。荷兰学者米克·巴尔在对图像解读时，提出了"换框"理论。她"把图像置于另一个文本中，重构语境的换框行为"称之为"换框"，也就是从绘画到诗歌的转换行为。《奥林匹亚》从绘画到诗歌的转换，在主题上是绘画主题在诗歌中的"挪用"，在不同艺术之间的转换表现为"换框"。

其次，《奥林匹亚》从绘画到诗歌的转换，主要采用"部分喻指整体"的原则。阿特伍德的诗歌《马奈的〈奥林匹亚〉》是对马奈油画《奥林匹亚》的解读和阐释。米克·巴尔指出："在图像学中，部分喻指整体，而嵌于其中的提喻关系，则使阐释与符号的问题归于一处。符号对于作品的整体解读，可以通过指涉另一个整体的文本作品向观者传达，这种情形决定了解读模式的话语性。然而，图像学在更基本的层面上也是话语性的，这个层面（某种程度上，偶然地）并不以语言的前文本为条件。图像学的解读因其将视觉在线的元素置于从属地位，所以在本质上是话语性的，其解读偏重象征更甚于图像，同时也会移置最先引起符号过程的指示性。图像学，顾名思义，以图像进行写作。这挑战了视觉艺术是图像而语言艺术是符号的无端设想，使得图

13 朱光潜，《诗论》，生活·读书·新知三联书店，2012 年，190 页。

像学的解读模式成为一种强有力的批评工具，这个工具可以用来颠覆词语和图像之间的二元对立。"[14]在阿特伍德的诗歌《马奈的〈奥林匹亚〉》中黑人女仆和那只站立的黑猫都被省略，仅有斜躺的裸体女子。而这个斜躺的女子或者说斜躺的维纳斯所提示的意义不言而喻。

第三，《奥林匹亚》从绘画到诗歌的转换，是由"凝视"到"对话"的转换。马奈的油画中裸女的"凝视"是一种侧面的正视，它包含孤傲矜持以及玩世不恭。阿特伍德的诗歌则把视觉意义上的凝视变成对话性的场景，诗歌的后两节类似戏剧场景与对白：

> 这间房子里另有其人。
>
> 你，窥视者先生。
>
> 至于你的那个物件
>
> 她已经见过那些，更好的。
>
> 我，头颅，这幅画
>
> 唯一的主体。
>
> 你，先生，是家具。
>
> 被塞满吧。

马奈的油画和阿特伍德的诗都指向性，只不过油画中肉体掩藏敏感部位的展示变成了诗歌中的对话性的性交易。米歇尔·福柯在《马奈的绘画》一书中指出："我们对《奥林匹亚》的凝视就像持火炬的人，我们的目光是光源。我们是《奥林匹亚》可见性和裸体的原因。她只为我们裸露。因为是我们将她裸露，我们将她裸露，是因为我们看她时，将她照亮，因为我们的目光和光照是一回事。在这样一幅画中，看一幅画和照亮一幅画是一回事，因此，我们——任何观者——都必然与这个裸体发生关联，甚至于成为主要因素。"[15]米歇尔·福柯认为，观画者才是裸体裸露的根源，而非艺术家创作的裸体画。有西方学者解释说："用以思考艺术中性身体问题的一个很有帮助的概念就是凝视（the gaze），这个术语反映了社会中视觉控制和权力结构之间纠缠不清的关系。在西方，我们诠释世界时倾向于优先选择视觉。对视觉感知的依赖意味着，我们观看和被观看的方式影响着我们作为社会人的身份。社会中掌

---

14 ［荷兰］米克·巴尔，《绘画中符号叙述：艺术研究与视觉分析》，段炼编译，四川大学出版社，2017 年，112 页。

15 《马奈的绘画》，34 页。

握最多权力的人，通过支配着无权者的视觉表征，在一定程度上行使着对其他人的控制。这种支配性视野（何人被观看和他们如何被观看）正是凝视的含义"[16]凝视是一种选择，包含着视觉控制和权力结构之间纠缠不清的关系。马奈的油画《奥林匹亚》表面上看来是一种裸体的"自白"，但任何观者在凝视的一瞬间产生凝视与被凝视，控制与被控制的权利关系，在这种关系中已经有潜在不平等的对话。而阿特伍德的诗歌《马奈的〈奥林匹亚〉》则将油画中潜在的对话变为显性平等的对话。

第四，《奥林匹亚》从绘画到诗歌的转换，主要手段是再现。关于再现的语义史，学者段炼曾做过系统地梳理，他指出："当代批评理论中的'再现'概念，指'复制'、'重演'、其方法和结果，以及诸如此类。为了各种目的，'复制'可以采用不同材料和不同方式来实施，而'重演'则是英国历史学家和艺术理论家科林伍德（R. G. Collingwood，1889-1943）所说的'情景再现'（re-enactment），二者都可跨越时空界限和文化鸿沟而实现。无论是在西方美术史研究中，还是在视觉文化研究中，'再现'这一概念不仅是最基本的理论概念之一，也是最重要、最具争议的概念之一。在 20 世纪前期的现代主义和后期的后现代主义历史进程中，西方理论界对'再现'的探讨和论争，不仅展示了艺术倾向的转变，也促进了艺术潮流的推进。

诗画转换需要过程性的描述，而再现这个词汇是描述这个过程较为恰切的词汇。油画《奥林匹亚》中一个斜躺的裸女如何在诗歌中再现？马奈已经做出了教科书般的示范，他之所以被誉为是西方现代绘画的开拓者，原因是他对他之前前辈并非模仿性的再现，而颠覆性表现性的再现。可以说，女性裸体艺术的历史是一次次颠覆解构演进的历史。阿特伍德的诗歌《马奈的〈奥林匹亚〉》也把这种颠覆性表现性的再现运用到自己的诗歌。只不过阿特伍德从油画中解读出的意义是建立在女权主义的基础之上的，她用调侃反讽的语言解构了男权社会既定的规则。因此，阿特伍德的诗歌《马奈的〈奥林匹亚〉》是对油画《奥林匹亚》的颠覆性再现。

马奈的《奥林匹亚》从艺术史的角度看，虽然它模仿前辈画家的痕迹清晰可辨，但是它的开拓性与现代意义深刻地影响了塞尚的《现代奥林匹亚》和让·米歇尔·巴斯奎特的《无仆人的四分之三奥林匹亚》等绘画作品。正如

---

16 ［美］简·罗伯森，克雷格·迈克丹尼尔，《当代艺术的主题：1980 年以后的视觉艺术》，匡骁译，江苏美术出版社，2013 年，101 页。

视觉文化理论家尼古拉斯·米尔佐夫所言："《奥林匹亚》在艺术史的书写中和它在艺术实践中一样具有重要地位。它最早被埃米尔·左拉奉为一幅现代主义的杰作，此后一直保持着这一地位，并随着新的艺术史学方法的出现而获得越来越多的声望。"[17]而玛格丽特·阿特伍德视觉再现之语言再现的诗歌《马奈的〈奥林匹亚〉》，对马奈画作做了准确的解读和精到的描述，完成了由绘画到诗歌的转换。

---

17 ［美］尼古拉斯·米尔佐夫，《身体图景：艺术、现代性与理想形体》，萧易译，重庆大学出版社，2018 年，258 页。

第五章 《无情的妖女》从诗歌到绘画

十九世纪英国拉斐尔前派画家约翰·威廉·沃特豪斯（John William Waterhouse，1849-1917）是西方绘画史上擅长以文学为题材的艺术家之一。他曾根据浪漫主义诗人济慈的诗《无情的妖女》（La Belle Dame Sans Merci）创作了三幅油画《无情的妖女》（La Belle Dame Sans Merci，1893 年）、《拉弥娅与士兵》（Lumia and the Sodlier，1905）和《拉弥娅》（Lamia，1909 年）。沃特豪斯用视觉图像再现了济慈的诗歌文本，因而二者之间发生了转换并产生了互文性的派生关系。本文拟就《无情的妖女》如何从诗歌转换为绘画进行跨艺术比较分析。

《无情的妖女》为约翰·济慈于 1819 年所作的诗歌。这首诗的诗名是法文，意为"无情的美女"，它模仿法国普罗旺斯民谣形式写成，诗段简洁，用词古朴，节奏简单，具有中世纪罗曼司情调。因此，哈罗德·布鲁姆赞誉这首诗说："这可能是中世纪后期'边境民谣'以来，在诗意上最成功的英语歌谣"[1]全诗四句一节，共十二节，四十八句，每节二四句押韵。诗歌讲述了年轻的骑士与美丽的妖女的艳遇。妖女何以无情？只因骑士多情。这是诗人站在骑士的角度单方面绝望情感的表达。骑士和妖女一见钟情，坠入爱河，如梦似幻，哀婉动人。兹列其诗如下：

La Belle Dame sans Merci

Oh what can ail thee, knight-at-arms,

---

1 ［美］哈罗德·布鲁姆，《如何读，为什么读》，黄灿然译，译林出版社，2017 年，145 页。

Alone and palely loitering?
The sedge has withered from the lake,
And no birds sing.

Oh what can ail thee, knight-at-arms,
So haggard and so woe-begone?
The squirrel's granary is full,
And the harvest's done.

I see a lily on thy brow,
With anguish moist and fever dew,
And on thy cheek a fading rose
Fast withereth too.

I met a lady in the meads,
Full beautiful--a faery's child,
Her hair was long, her foot was light,
And her eyes were wild.

I made a garland for her head,
And bracelets too, and fragrant zone;
She looked at me as she did love,
And made sweet moan.

I set her on my pacing steed,
And nothing else saw all day long,
For sidelong would she bend, and sing
A faery's song.

She found me roots of relish sweet,
And honey wild, and manna dew,
And sure in language strange she said--
"I love thee true."
She took me to her elfin grot,
And there she wept and sighed full sore,

And there I shut her wild eyes

With kisses four.

And there she lulled me asleep

And there I dreamed--ah! woe betide!

The latest dream I ever dreamed

On the cold hill's side.

I saw pale kings and princes too,

Pale warriors, death-pale were they all;

They cried -- "La Belle Dame sans Merci

Hath thee in thrall!"

I saw their starved lips in the gloam,

With horrid warning gaped wide,

And I awoke and found me here,

On the cold hill's side.

And this is why I sojourn here

Alone and palely loitering,

Though the sedge is withered from the lake,

And no birds sing.

无情的妖女

骑士啊，是什么让你如此苦恼，

独自沮丧地游荡？

湖中的芦苇已经枯萎，

鸟儿也不再歌唱！

骑士啊，是什么让你如此苦恼，

憔悴而悲伤？

松鼠的小窝贮存满了食物，

粮食也装进了谷仓。

你的额角白得像百合花，

垂挂着热病的露珠，

你的脸颊像是玫瑰
正在很快地凋谢。

在草坪中，我遇见了
一个妖女，美若天仙，
轻盈的脚步，飘逸的长发，
眼睛里闪耀着野性的光芒。

我给她编织了一顶花冠，
还有芬芳的腰带和手镯，
她轻声地发出叹息。
好像真的爱上我。

我带着她在骏马上驰骋，
她把脸侧对着我，
我整日什么也不做，
除了听她歌唱。

她给采来美味的草根，
野蜜，甘露和鲜果，
她用奇怪的语言说话。
说她真心爱我。

她带我去了她的山洞，
一边落泪，一边叹息，
我在那儿四次吻着她野性的，野性的眼。

我被她迷得睡着了，
啊，我竟做了一个噩梦！
我梦见国王和王子
也在妖女的洞中，

还有很多骑士，
都苍白得像是骷髅；
他们喊着：无情的妖女
已经把你囚禁！

在幽暗中，我看见他们张开了
饥饿的大口，发出可怕的警告，
我突然惊醒，发现自己
躺在冰冷的山坡。

原来我逗留在这里，
独自沮丧地游荡；
湖中芦苇已经枯萎，
鸟儿也不再歌唱。[2]

从形式看，济慈的诗《无情的妖女》借用了中世纪法国普罗旺斯的民谣
或者谣曲，是一种叙事诗，既有情节又有对话，还有抒情式的诗句，像是短
版的歌剧。从内容看，骑士与妖女的奇幻爱情，充满浪漫色彩和奇异幻想；
骑士与妖女之爱，缠绵哀怨。对于这首诗的主题的解读，历来众说纷纭。王
佐良先生曾指出："诗作于 1819 年 4 月，正当济慈创造力旺盛之时，我们
不妨把它看作是诗人对于诗神本身的又热爱又戒惧的心理的表现，所以称
之为'无情的妖女'，但到诗的末了，尽管有众人的警告，诗人并无悔意，
纵然脸容'苍白'，得了'热病'，也在所不惜，并以'独自沮丧的游荡'
为比世俗成功更好的归宿。这也正是浪漫主义精神的一个方面，而且对后
世文人诗客颇有影响的一面。"[3]美国学者哈罗德·布鲁姆在《如何读，为
什么读》一书中论及济慈的诗《无情的妖女》时指出："为什么读《残酷的
美妇人》？因为它奇妙地表达了人们对浪漫爱情的普遍向往，以及它深深
地意识到所有浪漫爱情，不管是文学的还是人生的，都依赖不完整和不确
定的知识。"[4]《残酷的美妇人》即《无情的妖女》。上述两位中外学者对济
慈的《无情的妖女》的解读各有不同。到底写的是爱情呢？还是写的是诗
神？或者两者兼而有之？诗人济慈利用神话传说虚构了美丽无情妖女，既
有真实的来源，又有想象的成份。诗的形式模拟中世纪民谣，更有可能写的
是爱情。与其说表达的是不完整和不确定的爱情，还不如说是转瞬即逝的
艳遇——梦中的艳遇。

沃特豪斯的油画《无情的妖女》（图①）是复古传统的古典主义画作，它

2 ［英］济慈，《济慈经典诗选》，张子建译，中国画报出版社，2013 年，108-115 页。
3 王佐良，《英国诗史》，译林出版社，1997 年，306 页。.
4 《如何读，为什么读》，147 页。

表现的是中世纪的骑士风。这幅油画的背景是树木葱郁的森林和野花盛开的草地，时间是夕阳西下的黄昏。画中美丽的妖女盘腿坐在草地上，她身着紫色长裙，棕色长发飘逸，双手扯住年轻骑士的围巾，她双脚赤裸，含情脉脉地凝视着对方。骑士则身披铁甲，头戴铁盔，俯身靠近妖女，欲做亲吻状。这幅画最动人的细节主要是妖女的眼神，它充满了诱惑迷离，让骑士沉迷，难以自拔。

①Waterhouse La Belle Dame Sans Merci, 1893.

②John William Waterhouse，Lamia and the Soldier《拉弥亚与士兵》，1905。

沃特豪斯的另一幅油画《拉弥娅与士兵》（图②）的背景岩石林立的山洞，时间则是夜晚。年轻的骑士坐在岩石上，身披盔甲，腰缠红丝带，头颅低垂，头盔放置在身旁。妖女拉弥娅身着粉色纱裙，半跪在地上，右肩半裸，双手抓住骑士的左手，一条蟒蛇缠绕着她的赤裸的双腿，拉弥娅与骑士深情凝望。

③John William Waterhouse, Lamia, 1909.

　　沃特豪斯的油画《无情的妖女》和《拉弥娅与士兵》可以看成是骑士与少女的幽会，洋溢着中世纪的骑士风。而他的另一幅油画《拉弥娅》（图③）则是水边的顾影自怜的美少女。前两幅画更接近济慈的诗作，后一幅画纯属想象。

济慈的诗《无情的妖女》中的妖女拉弥娅源自古希腊神话，据记载："拉弥娅 Lumia 是希腊神话中一人首蛇身女妖，埃及王伯洛斯与利比娅之女。相传，她原为一美貌女子，深得主神宙斯青睐，西彼尔为其女（《希腊道里志》Ⅹ12,1）天后赫拉十分忌恨，诉诸法术将拉弥娅变为食人女妖。拉弥亚时常栖居山洞，以食幼童为生。又说，拉弥亚为赫拉所扰，不得安眠，只能四处游荡。宙斯怜之，使她可出二目入睡。此时，拉弥娅才无害于人。拉弥娅后为欧律托斯所杀。夜间吮吸儿童之血的幽灵，亦称'拉弥娅'（斯特拉博：《舆地志》12,8；《历史文库》XX41）"[5]上述有关拉弥娅的神话材料分别在不同的典籍，说明女妖拉弥娅来自埃及，不是食人妖，就是吸血鬼。这样的神话表述是对异域的妖魔化。但是，济慈的诗并没有按照希腊神话的传统叙写拉弥娅，而是一改偏见，把拉弥娅写成一个美丽动人的女妖，甚至是一个可望而不可及的美的化身。

沃特豪斯的油画是根据济慈的诗《无情的妖女》创作而来，他们的诗与画之间存在着互文性关系。法国学者萨莫瓦约指出："吉拉尔·热奈特的超文性使我们可以综观文学史（像其他的艺术一样）并了解它的一大特性：文学来自模仿和转换。通过对其他绘画、音乐等艺术实践领域（即热奈特所谓的超美学 hyperesthetique）的审视，我们可以看出这一点的重要性"[6]文学来自模仿和转换，艺术也不例外。"超文性"也可以解释不同艺术之间的模仿与转换。他还说："一篇文本从另一篇已然存在的文本中派生出来的关系，更是一种模仿和戏拟"[7]戏拟有解构反讽之意，沃特豪斯油画《无情的妖女》忠实地再现再现原诗，这种派生关系是模仿。

既然，《无情的妖女》使得沃特豪斯的画与济慈的诗存在着互文性的派生关系，那么，《无情的妖女》究竟是如何从诗歌转换为绘画的呢？或者说语言文本是如何转换为视觉图像的呢？

首先，绘画《无情的妖女》将诗歌中的场景缩略简化定格于一个瞬间加以再现。一般而言，诗歌长于过程性的叙事，绘画表现静止性的瞬间。济慈的诗歌《无情的妖女》中至少有四个不同的空间场景，即，湖边——草坪——原野——山洞。而且这四个场景在过渡转换，从一个场景转换到另一个

5　魏庆征编，《古代希腊罗马神话》，北岳文艺出版社，1999 年，823-824 页。
6　［法］萨莫瓦约著，《互文性研究》，邵炜译，天津人民出版社，2002 年，22-23 页。
7　《互文性研究》，19 页。

场景。先是骑士孤独地在湖边游荡，恰与妖女在草坪偶遇，诗中说："在草坪中，我遇见了，一个妖女，美若天仙，轻盈的脚步，飘逸的长发，眼睛里闪耀着野性的光芒。"接着，骑士与妖女骑马驰骋于原野："我带着她在骏马上驰骋，她把脸侧对着我，我整日什么也不做，除了听她歌唱。"最后，骑士与妖女在山洞中亲吻做梦："她带我去了她的山洞，我被她迷得睡着了，……啊，我竟做了一个噩梦！"诗中的每个场景都与情节延展相关，场景的转换推动情节发展。沃特豪斯的两幅油画仅有一个场景，且不是草坪而是森林。油画《无情的妖女》场景是妖女与骑士的"凝视"。济慈的诗主要聚焦于艳遇，沃特豪斯的画主要侧重于幽会。沃特豪斯的《拉弥娅与士兵》选取取的场景是妖女拉弥娅与骑士幽会的山洞。油画对诗歌的场景做了缩略简化处理，选取骑士与妖女相遇的瞬间和动情的片刻。沃特豪斯的油画《无情的妖女》采用再现、歪曲及改头换面的方式，重现了济慈的诗歌。

其次，沃特豪斯的油画《无情的妖女》将济慈诗的意象转换为情境加以再现。济慈的诗《无情的妖女》以抒情式的吟唱开始："骑士啊，是什么让你如此苦恼，独自沮丧地游荡？骑士啊，是什么让你如此苦恼，憔悴而悲伤？"，诗的前两节反复吟唱，引发共鸣。其中枯萎的芦苇，存贮食物的松鼠，暗示了特定的季节——秋天。而沃特豪斯的油画将场景置于森林中高大的树木和荆棘之间，无明显季节暗示。但以色彩论，油画以骑士金属铠甲，妖女的紫色长裙来营造复古情调，自然环境明显具有"造境"色彩。荷兰学者米克·巴尔说："分析图像被如何装框的方式有助于赋予其历史语境。历史不会在将来的某一时刻结束，而是继续。历史用看不见的线索把其他的图像也串联起来，这样就使图像的生产成为可能而且能够反映观者的历史位置。"[8]所谓"装框"，即历史语境。沃特豪斯的油画时常从文学中取材，并具有古典主义风格，济慈的诗《无情的妖女》正好吻合沃特豪斯从文学神话取材的喜好以及以女性为中心的画风。同时，沃特豪斯的油画《无情的妖女》通过"造境"还原了中世纪骑士之爱的场面。另一幅油画《拉弥娅与士兵》的场景是原诗就有的，但山洞的岩石，逼仄的空间则属"造境"。

第三，沃特豪斯的油画对济慈诗的细节借助增减叠加等手段加以再现。

8　[荷兰]米克·巴尔，《绘画中符号叙述：艺术研究与视觉分析》，段炼编译，四川大学出版社，2017年，83页。

济慈的诗以妖女为中心焦点，骑士则形象模糊，淡出中心；沃特豪斯的画则以骑士与妖女俩人为视觉焦点。诗歌中的手镯等细节在绘画中被省略的细节，而油画《拉弥娅与士兵》中的骑士的盔甲和蛇则是绘画中想象性的添加细节。诗歌中写到山洞里"还有很多骑士都苍白得像是骷髅，他们喊着:无情的妖女已经把你囚禁！"，这样的情节也被绘画忽略，不予再现。尤其是绘画中骑士与妖女的空间距离被拉近，变成了凝望或者对视。沃特豪斯根据自己的趣味对济慈诗的解读，选取了幽会的瞬间情境，重写再现了济慈的诗。

关于拉弥娅的主题，除了沃特豪斯有绘画表现外，意大利当代画家罗伯特·费里也以此为主题创作油画。如下图：

意大利画家，罗伯特·费里（Roberto Ferri, 1978-），《拉弥亚》（Lamia）。

罗伯特·费里是现代派的古典主义画家，油画《拉弥娅》的题材来自希腊神话，拉弥娅是半人半蛇的雌性怪物，由于与宙斯的幽会，赫拉杀死了她的孩子并用失眠来折磨她，因此拉弥亚成为了专吃小孩的怪物。这幅画中拉弥娅浑身赤裸，双乳丰满，双腿交叉，右脚饰有脚镯，红色头发，修长下垂，扭曲躺在一块石头上，她右手捏着一条小蛇，左手弯曲。整幅油画表现拉弥娅似眠非眠的瞬间，画风诡异，姿态夸张。

通过对《无情的妖女》从诗歌到绘画的跨艺术比较阐释，不难看出，不同艺术文本之间的转换，首先是如何解释不同文本之间的关系。互文性理论不仅为跨艺术文本提供了解释的有效理论，而且还要考察文本之间的交流。文本之间的联系因交流而存在，相互联系的文本密织成一个巨大的网络。其次，在不同艺术文本之间互文性的基础上，如何分析艺术文本之间的转换就成为关键。不同文本之间的相互转换激活并扩张了原文本的影响力，从某种意义上，一个前文本被不断地改写、改编、再现甚至是翻译都使得前文本一次次重生或复活。美国学者吉尔伯特·海厄特在论述济慈所受古典传统影响时指出："通过收录阿兰夏蒂埃（Alain Chartier）15 世纪的诗作《无情的美妇》（La Belle Dame San mercie）的《从乔叟到古柏的英语诗人作品》（The Works of the English Poets from Chaucer to Cowper）他接触到赫西俄德、罗德岛人阿波罗尼乌斯和其鲜为人知诗人的译文。……例如《拉弥娅》（Lamia）的传说来自伯顿，而伯顿的素材则是菲洛斯特拉托斯（Philostratus）所著的行神迹的苦修者——提亚纳的阿波罗尼乌斯（Apollonius of Tyana）的传记"[9]可见，济慈的诗歌《无情的妖女》也是对前辈文本的改写和对古老题材的复活。无论是重写、激发意义，还是转换，都是对原文本生命的延续。就文学与绘画的转换而言，《无情的妖女》从诗歌文本转换为视觉图像主要的方式是再现。

英国学者格丽塞尔达·波洛克指出："再现并非是对图片、描述成像、素描或者油画的一种新提法，它应该被理解为一种社会关系，通过特定的视觉诉求、想象空间和被凝视身体的特定安排得以实施。再现的效用依靠的是与其他再现之间的不断交换互动。"[10]这说明，再现不仅是一种艺术手段，而

---

9 ［美］吉尔伯特·海厄特，《古典传统：希腊罗马对西方文学的影响》，王晨译，北京联合出版公司 2019 年，347-348 页。

10 ［英］诺曼·布列逊，迈克尔·安·霍丽，基恩·莫克西编，《视觉文化：图像与阐释》，易英等译，湖南美术出版社，2015 年，13 页。

且还反映了一种社会关系。沃特豪斯的两幅油画选取了特定的瞬间，即幽会艳遇的瞬间。《无情的妖女》和《拉弥娅与士兵》两幅油画都是骑士和妖女的侧面图像，沃特豪斯依据济慈的诗使人物想象性地穿上骑士服装，复古还原中世纪的场景。虽然沃特豪斯表现的是骑士与妖女的"柔情一刻"，但男女并非平等对视，骑士高妖女低，男性凝视身体经过特定安排，骑士居高临下，妖女谦卑柔情，绘画中的两性位置关系在一定程度上揭示了社会关系。安德鲁·本尼特特别提醒学者们注意："在济慈的所有作品中，'视觉符号学'（the semiotics of vision）（图像／可见、失明／观望、词语／图像、语言／绘画）所包含的各种对立要素构成了诗歌的主要内容，因为他的诗歌不仅经常有意识地提到'诗人的眼睛'，强调以诗歌描写图像的重要性，而且还经常自相矛盾地以幻想出的各种形象有意阻止读者对其形成认知。的确，在济慈的许多声名远扬且超群绝伦的诗歌中，目光成为诗歌的叙述的重心。"[11]这说明济慈的诗歌本身就包含着绘画或者图像的属性，《无情的妖女》从诗歌到绘画的转换，画家沃特豪斯在题材选择上也考虑了诗歌与绘画的契合度。

---

11 ［英］安德鲁·本尼特，《文学的无知——理论之后的文学理论》，李永新，汪正龙译，河南大学出版社，2015 年，30 页。

第六章　一首诗中的四幅著名油画分析

　　立陶宛诗人爱德华达斯·梅热拉伊蒂斯（Eduardas Mieželaitis）是苏联时期的著名诗人。他有首名为《女人》诗歌写了四幅著名的油画，分别是：丢勒的《亚当与夏娃》、拉斐尔的《西斯廷圣母》、达·芬奇的《蒙娜丽莎》以及雷诺阿的《浴女》。这首诗是名副其实的"读画诗"。刘文飞先生指出："梅热拉伊蒂斯自幼爱画，少年习琴，将丘尔廖尼斯奉为榜样的他，在音乐、尤其是绘画上有较深的造诣。他诗中鲜亮色块，张驰的节奏，浑然的旋律，说明他的那些艺术才能在他的诗歌创作中也得到了综合运用。"[1]他的诗歌融入了绘画和音乐艺术，韵律优美，视觉感强，饱含热情。尤其是《女人》这首"读画诗"，语言与绘画融为一体，别具一格，对于探讨诗画转换问题是一个有助益的个案。诗共有四节，兹引全诗并逐节与油画对比分析：

　　在我的幻想中你就是这样：

　　在长满绿叶的树下，你赤裸裸的，只有一片古代雕像的叶子遮掩着，像一条白色的鱼那样苗条，你仿佛是一棵枝叶茂盛的树，美妙的、纤细的手指中拿着一个苹果，它好像一个小小的太阳，一个圆圆的金色的线团，你似乎在让人把它捻成生活的细线。啊，幸福——创造！起初它是很小的，像一粒轻脆的罂粟籽，但也像苹果那样圆。而苹果像世界一样被造成圆形。从小极了的种子里，那细线

1　刘文飞："执着于人的崇拜"——梅热拉伊蒂斯简论,《外国文学研究》, 1991 年,
第 1 期, 37 页。

又开始捻它自己，于是形成了一个圆团，一个球，有苹果那么大，
然后它又成长，变成一个世界，就像这个握在你的手里，由细线绕
成的线团，巨大的线团，像地球。在丢勒的画布上你就是这样站着，
地上的，有罪的，纯朴的，在我的幻想中你就是这样。[2]

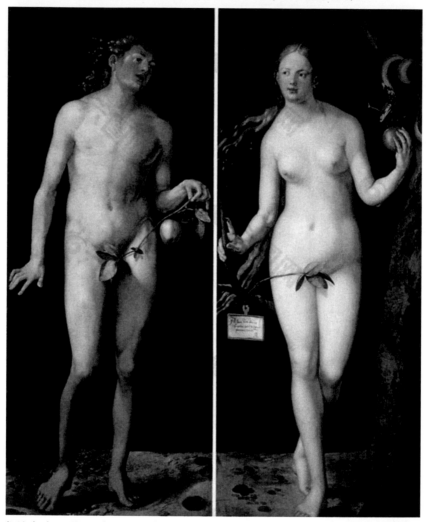

资料来自网络。德国，丢勒，亚当与夏娃，1507年，普拉多博物馆藏。

这一节诗点出了诗人所欣赏的油画作品是16世纪德国画家丢勒的《亚当
与夏娃》，它是一幅肖像画。画中有一对男女——亚当和夏娃，每个人可独立
成一幅画。夏娃赤身裸体，长发飘逸，双乳隆起，身材高挑，线条优美，树枝

---

2 ［苏］梅热拉伊蒂斯：《人：梅热拉伊蒂斯抒情诗集》，孙玮译，外国文学出版社，
1991年，42-43页。

遮盖隐秘部位。她的左手持智慧树上的"禁果",右手扶在树枝上,双脚一前一后,交叉成舞蹈造型;亚当也是一头长发,头颅微倾,嘴唇微张,左手大拇指与食指捏着带枝叶的苹果树枝,右手似在用力后伸,手掌撑开,双脚平行站立,身体健美。诗歌对丢勒的《亚当与夏娃》可描述为一个字"福",即创造是一种幸福。诗中这种凸显了"苹果"这个意象。说,"它好像一个小小的太阳","一个圆圆的金色的线团","巨大的线团"等。在诗人梅热拉伊蒂斯另一首《苹果》的诗中写道:"这棵苹果树——宇宙——使我默默地惊奇,/我们的地球,我们可爱的大地,同什么相像?/大地究竟是什么模样?/我悄悄地想像着:巨大的地球悬挂着,/像个圆圆的苹果,悬挂在我的头上,/在我的头上,就像挂在树枝上。"[3]苹果是梅热拉伊蒂斯诗歌中较为常见的意象。诗歌《苹果》和他的这首《女人》诗中的苹果的比喻几乎一致。他把苹果与地球类比,因其形状相似外,还隐喻了甜蜜可口等意义。更为重要的是,苹果与太阳的关联由来已久。据英国学者哈里斯的研究,离德尔斐不远有许多小镇,小镇的名称为 jablon 或 jablan,他说,"这个词最初形式是 jablonou 或 jablonsky,而这又与一种苹果树 jablonitsa 的拼写同源,jablonitsa 的小词形式是 jablonka。而 jablon 的词形有何色雷斯人(Thracian)对阿波罗的称呼 Απόλλων 如此接近。所以他认为,这些名 jablon 或 jablan 的小镇,要么生产苹果,要么是因为与苹果有关的神祇而得名。"[4]也就是说,在较为久远的年代,太阳神阿波罗就与苹果有关,太阳与苹果的关联也就顺理成章了。诗人梅热拉伊蒂斯在诗中说,"它(指苹果——笔者注)好像一个小小的太阳",要么是诗人有深厚的古典传统的学养,要么是一种人类集体无意识的体现。当然,丢勒的《亚当与夏娃》画中的苹果含义特殊,指称"禁果或智慧果",是知识智慧开化的象征。

在我的幻想中你就是这样:

蔚蓝的天空——光明,晴朗。带着无法描述的纯洁而深沉的美的晶莹,你停下了,抬起一双蓝色的梦幻的眼睛,举起孩子,使他能够看见在光芒四射的雾中伸向树林的道路。你的脸上是平静和美满——这是你的,也是每一个女人的两个旅伴,当她准备受苦,并且期待着,她的孩子对她,首先对她,说出他那就要诞生的语言的

---

3 《人:梅热拉伊蒂斯抒情诗集》,94 页。
4 李永斌:《阿波罗崇拜研究》,商务印书馆,2015 年,41 页。

时候。她，一个母亲，为了巨大生命的这个刚开始出现的种子，怎能不骄傲呢，因为是她使他诞生的。像世界上每一个母亲，把童年给予世界，不顾自己的苦难，太阳也正是这样把黎明时它的第一道光辉，大地上新的一天的婴儿，给予世界。而那能够用手掌估计沙土中一粒细微的沙子的分量的人，也一定会感觉出整个星球的重量。母亲也是这样，她举起自己的孩子，就是举起了地球。正因为这样，才可以把她称为圣母。在拉斐尔的色彩中你就是这样出现的，两只手平衡地托着地球和种子，在我的幻想中你就是这样。[5]

资料来自网络。意大利，拉斐尔，《西斯廷圣母》1512-1513 年，德累斯顿历代大师画廊。

5　《人：梅热拉伊蒂斯抒情诗集》，43-44 页。

这一节诗清楚的说明诗人所描述的油画是 16 世纪意大利画家拉斐尔的著名油画《西斯廷圣母》，这幅画宁静祥和，庄重肃穆，充满了宗教圆满的意味。画中"圣母与圣子的目光紧紧地注视着观赏者，试图与观赏者有直接的交谈。画面人物与观赏者的关系如此的直接与紧密，画作表现出前所未有的张力，早已溢出狭小的画布空间。"[6]圣母与圣子注视与观赏，包含宗教的蕴意，而诗人梅热拉伊蒂斯从中解读出突出一个字"爱"，歌颂了一种圣洁的高贵的宗教意义上的博爱和人间世俗的母爱。意大利学者保罗·弗兰杰斯指出："500 年以来，拉斐尔以绘制圣母、圣子题材的宗教画著名，也被公认为学院派精确优雅风格的典范，被模仿、复制，乃至数量充斥到令人生厌的地步。"[7]此言不虚，拉斐尔的画作基本上以表现宗教题材为主，但也充满了人间温情。

在我的幻想中你就是这样：

从微微张着的嘴唇里，向我闪动了一下你那一金色的嘲笑，仿佛太阳穿透了扩散的乌云，射出了温暖的光辉，它使我这像玩具的地球似的心感到暖和，而在它的暖和的胸怀中，被遗忘在善良的关怀中的种子重又复活，成长。而你的嘴唇中，傲慢地闪动的金色的微笑，像来自隐藏在屋顶下面的安静的窠中的燕子。它飞着，伸开翅傍，驱除蚊虫，也惊走了一群渺小的思想。你像蒙娜·丽莎一样嘲笑我们的一切弱点，在我的幻想中你就是这样。[8]

这一节诗是对文艺复兴时期意大利画家达·芬奇的油画《蒙娜丽莎》的描绘。《蒙娜丽莎》突出特点是"微笑"。蒙娜丽莎的笑是神秘的微笑，学者们有各种不同解读。弗洛伊德曾说过："任何一位想到列奥纳多油画的人都会想到一个独特的微笑，一个既是人迷醉又使人迷惑的微笑，他把这样一个微笑画在她的女性形象的嘴唇上。这是一个在长长弯弯的嘴唇上不变的微笑，成了他的风格的一个标志，还专门被称作'列奥纳多式的。'"[9]对于蒙娜丽

6　［意］斯蒂芬尼·坦菲编，保罗·弗兰杰斯：《秩序之美：拉斐尔作品赏析》，王静，皋芸菲译，北京时代华文书局，2018 年，110 页。

7　［意］斯蒂芬尼·坦菲编，保罗·弗兰杰斯，《秩序之美：拉斐尔作品赏析》，前言，王静，皋芸菲译，北京时代华文书局，2018 年。

8　《人：梅热拉伊蒂斯抒情诗集》，44-45 页。

9　［奥地利］西格蒙德·弗洛伊德：《列奥纳多·达·芬奇和他的童年的一个记忆》，载《弗洛伊德论美文选》，张唤民，陈伟奇译，裘小龙校，知识出版社，1987 年，78 页。

莎微笑的含义，弗洛伊德解释说："如果列奥纳多在蒙娜·丽莎的脸上成功地再现了这个微笑所包含的双重意思：无限温情的允诺和同时存在的邪恶的威胁（引用佩特的话），那么，在画里他也就真实保留了他早期记忆的内容。"[10]关于早期记忆的内容弗洛伊德认为是对母亲的依恋。但是，在诗人梅热拉伊蒂斯的眼中蒙娜丽莎的微笑是一种嘲笑和"金色的微笑"。何谓"金色的微笑"？从诗句中"金色的微笑"是嘲笑"渺小的思想"和"我们的一切弱点"，做反向解读，金色指的是与渺小相对的伟大，与弱点相对的优点，"金色的微笑"隐喻了人性中善的正面的力量。

资料来自网络。（意大利）列奥纳多·达·芬奇，《蒙娜丽莎》，法国卢浮宫博物馆。

---

10 《列奥纳多·达·芬奇和他的童年的一个记忆》，85页。

　　在我的幻想中你就是这样：

　　透过雾的灰蓝色的轻纱，清晨，在我的面前，我看见了新的阿佛洛狄忒静静站着，一身雪白、她不久前还是大理石的，但是看吧，女神被请下了台座，在明亮的淡蓝色的屋子里，她变成了一个活的女人。忘记了永恒的静止，大理石化为温柔而洁白的、散发出春天早晨的丁香芬芳的肉体。那沉思的光辉的面容，如花一般的半开的嘴唇，由于呼吸胀得鼓鼓的胸脯，像翅膀似的伸向后面的双臂，像蓝色冰川时代的雪一般的身体——我愿把这些和那叫做天鹅的湖上的白鸟相比。天鹅给自己披上了一层岸上的轻雾，——她不是这里的，不是地上的，但是为了美却永远为我们所需要。在雷诺阿的画上你就是这样，以地上的和天上的姿态出现，显示给我们一幅美丽无比的面貌。[11]

资料来自网络。雷诺阿，《金发浴女》。

11 《人：梅热拉伊蒂斯抒情诗集》，45-46 页。

　　这一节诗是对 19 世纪与 20 世纪初法国画家雷诺阿油画的赞美。诗中所述究竟是雷诺阿的哪一幅著名油画？难以判断。从诗句的描述来看，应该是一幅"浴女"画。姑且认为诗人描述的雷诺阿油画是《金发浴女》，它是雷诺阿在新古典主义时期的一幅代表作。画中的模特就是后来成为他的妻子的亚林，她侧身斜坐，金发飘逸，体态丰盈，线条流畅。这幅画构图严谨，注重写实，彰显了一种女人体特有的纯洁与性感。诗人对"浴女"油画的描述可用一个字概括，即"美"。诗中使希腊爱与美的女神阿佛洛狄忒的大理石雕像复活，变成生活中感性肉体的女人，对女性热烈地赞美，就是对美的盛赞。诗人梅热拉伊蒂斯曾说过："我的作品中描绘的是概括的，如果可以这样说的话，富有哲理的象征意义的人的形象。"[12]他在另一首诗《我赞美》中写道："我赞美妇女的身体，那些壮丽的身体，／因为，我感到人的美丽的身体应该称赞。／是的，我赞美人的身体，妇女的身体，／把握的手伸向阳光闪耀的唇边。"[13]这些类似马雅可夫斯基未来派诗风的诗句，直率真诚地表达诗人对女性身体的赞颂。诗中还给出了赞美女性身体的理由："因为其妙的身体再现了大地的美和伟大，／因为每个身体都是一块土地和泉水、树林，／都是这个大地上小小的一片沃土……"[14]可见，女性并非只是因身体的美才得到诗人的赞美，而是女性象征了土地、泉水、树林这些人类赖以生存的自然资源和生命之源。

> 而你
> 的确就是这样，
> 白天也像在梦里一样，
> 在不同的情形中总是这样，
> 但每一天又并不相同。
> 整个是美，整个是理智，
> 崇高的，非凡的，
> 神圣的，有罪的女人。
> 而你——
> 只有这样的你——

12　《人：梅热拉伊蒂斯抒情诗集》，附录《自传片断》，105 页。
13　《人：梅热拉伊蒂斯抒情诗集》，附录《自传片断》，54 页。
14　《人：梅热拉伊蒂斯抒情诗集》，附录《自传片断》，55 页。

是我所需要的。[15]

这节诗是全诗的结尾，概括了女人的善变、美、崇高、非凡以及神圣与有罪等多重复杂的个性。总的基调依然是对女性或者人的赞美。诗人曾说："崇拜人——这难道是不好的一种崇拜？我们与日俱增地越发清晰地感觉到人的内心的精神上的解放。人的心灵从把他禁锢很久的偏见、自私、奴隶似的屈从中解放出来了。这就是为什么在诗人的声音中有时候还听得到严厉的警告、悲怆的音调，虽然美丽的、坚强的、灵魂的和肉体都自由的人已经从梦中苏醒，正积蓄着越来越大的力量。除了诗人们，还有谁应当为他唱赞歌呢？"[16]崇拜人是诗人渴望人的心灵与精神获得解放。有研究者指出："50年代到60年代中期，苏联诗歌的一个重要主题就是人的主题。阿谢耶夫的《人类的心》、苏尔科夫《我们都是人》、阿利格尔《最重要的》、马尔蒂诺夫《人们》、维诺库罗夫《我是人，请你们爱我》、斯鲁茨基的《人》、德鲁尼娜的《人》、马特维耶娃的《人》、罗日杰文斯基《意外事件》的等都以人为主题。"[17]苏共二十大之后，个人崇拜的迷信逐渐破除，思想解放首先表现为人的解放，因此，大量的诗歌以人为主题。

爱德华达斯·梅热拉伊蒂斯的诗《女人》从丢勒的《亚当与夏娃》、拉斐尔的《西斯廷圣母》、达·芬奇的《蒙娜丽莎》以及雷诺阿的《浴女》四幅油画，时间跨度从文艺复兴时期到二十世纪初，他们都是世界著名的绘画大师。四幅油画分别展示了四位女性的永久魅力，她们或为《圣经》的人类始祖夏娃，或为基督教中的圣母，或为世俗贵妇，或为裸体浴女。诗人从油画解读出了"福"、"爱"、"笑"和"美"四个不同主题，可以说准确地抓住了四幅名画最主要最突出的特点。四位女性构成了女人，从单数变成复数，成为女人们或者人。梅热拉伊蒂斯的诗《女人》出自他的诗集《人》，关于这本诗集，有评论家说道："《人》一书是对人诗意叹赏的结果，是诗人对人之爱的结果。"[18]歌颂人赞美人是包括《女人》在内的《人》这部诗集的主旨。梅热拉伊蒂斯曾在《自传片断》交代过此诗的写作时间："它（组诗《人》）诞生于1956-1957

15　《人：梅热拉伊蒂斯抒情诗集》，46页。

16　《人：梅热拉伊蒂斯抒情诗集》，105页。

17　马晓华：《五、六十年代苏联诗歌对"永恒的主题"的诠释》，《内蒙古师范大学学报》，2005年，第1期，109页。

18　"执着于人的崇拜"——梅热拉伊蒂斯简论，36页。

年间并收进了诗集《在星星的脚下》。"[19]而且他还直言不讳地说道："我书中的一切，都不是我发现和想出来的，事情就是如此：生活本身把全部的注意力集中在最值得识人关心的对象——人身上。"[20]对于诗人梅热拉伊蒂斯而言，艺术的想像来自生活，诗歌的创作也概莫能外。"我竭力想写出关于人的具有纲领性的书——别具一格的人的宣言。"[21]诗集《人》即是人的宣言。

梅热拉伊蒂斯《女人》一诗中描绘了四幅著名的油画，这在世界诗歌史上并不多见。这首"读画诗"究竟诗人是如何将名画转换为诗歌？视觉图像如何用语言文字再现？这是需要探讨回应的问题。荷兰学者米克·巴尔指出："分析图像被如何装框的方式有助于赋予其历史语境。历史不会在将来的某一刻结束，而是继续。里使用看不见的线索把其他图像也串联起来，这样就使图像的生产成为可能，而且能够反映观者的历史位置。"[22]所谓装框，是把绘画放置于特定的历史语境进行分析解读。包括诗人在内的观画者，观看欣赏绘画首先遇到的问题是如何理解绘画。米克·巴尔用"装框"这个形象且与绘画相关的词汇指明了解读绘画的一般方法或者原理。

《女人》这首"读画诗"能将绘画写入诗歌，首先依赖于诗人对绘画的准确解读。准确解读依据常识和艺术的敏感性或者直觉。米克·巴尔也说："解读的是感知和指定意义的行为，在解读中，观画者给作品换框，这作品就是具体的'文本'。……每一种观看行为都是解读，不仅没有排他性，而且总是一种解读"[23]解读即是感知，靠常识和直觉。例如，在《女人》这首诗中，诗人梅热拉伊蒂斯对丢勒《亚当与夏娃》的解读，是由油画中的绿树、裸体和苹果等物体触发诗人的感知，从而展开联想想象。如，诗中描述夏娃的裸体，说它"像一条白色的鱼那样苗条"；说苹果"它好像一个小小的太阳""一个圆圆的金色的线团"。这些比喻化的视觉化诗句语言，呈现了可视性的画面，文字就变成了图像。

其次是诗人梅热拉伊蒂斯抓住了四幅画作的亮点和细节，使用语言文字将其转换为视觉图像。亮点是油画能够吸引人打动人的中心，也是观赏绘画

19　《人：梅热拉伊蒂斯抒情诗集》，附录《自传片断》，101 页。

20　《人：梅热拉伊蒂斯抒情诗集》，附录《自传片断》，102 页。

21　《人：梅热拉伊蒂斯抒情诗集》，附录《自传片断》，102 页。

22　[荷兰] 米克·巴尔，《绘画中符号叙述：艺术研究与视觉分析》，段炼编译，四川大学出版社，2017 年，83 页。

23　《绘画中符号叙述：艺术研究与视觉分析》，81 页。

的焦点。它可能是一种表情，一种动作，一个姿态，一种光线或者一种色彩等。比如，丢勒的油画《亚当与夏娃》的亮点是运动中的裸体姿态和她手中的红苹果；拉斐尔的油画《西斯廷圣母》的亮点是圣母怀抱的婴儿；达·芬奇的油画《蒙娜丽莎》的亮点是她面部的笑容；雷诺阿油画《金发浴女》的亮点是她性感的肉体。除此之外，绘画的灵魂可能就潜藏在细节之中。米克·巴尔指出："图像学的解读方法的妙处不在于符号所昭示的意义，而源自微小细节的象征力量。"[24]一幅油画的意义潜藏在细节之中，细节决定意义。如，油画《蒙娜丽莎》的细节即是蒙娜丽莎的微笑。这样的细节堪称魔鬼细节，应验了细节即是魔鬼的俗语。应该说，诗人梅热拉伊蒂斯很好地抓住这些细节和亮点，精准无误地加以再现。

再次，写作"读画诗"的诗人梅热拉伊蒂斯在解读绘画之后，将四幅不同时代不同国家的艺术家的画作统摄在同一个主题之下。米克·巴尔指出："图像学的解读是把视觉表现的元素置于一个赋予其意义的传统中进行阐释，而不是停留于视觉表象的'直接'所指。"[25]借助油画来表达诗人自己的感受与思想，这是从绘画到诗歌的转换过程中所历经的必要环节。诗画的转换如米克·巴尔所言："跨越边界的结果就是以互文性代替图像（iconography）。"[26]这种越界行为是一种跨越诗歌与绘画两种艺术互动切换，使得诗画之间构成互文性。具体而言，由于梅热拉伊蒂斯以丢勒的《亚当与夏娃》、拉斐尔的《西斯廷圣母》、达·芬奇的《蒙娜丽莎》以及雷诺阿的《浴女》四幅画为题材，把它们写进了诗歌《女人》，形成了"诗中有画"的特殊艺术效果。不仅如此，诗人还将这些不同的画作统一在一个主题之下，同一主题即是表达对人的诗意赞美。

按照美国图像学家 E·J·J·米歇尔的说法，梅热拉伊蒂斯的诗作《女人》属于"视觉再现之语言再现的诗歌"，他说："作为一种诗歌模式，视觉再现之语言再现的最狭隘意义，即'给无声的艺术客体以声音'，或提供'一件艺术品的修辞描述'，已经让位于更普遍的应用，包括'意在把人、地点、图画等呈现给心眼的固定描写'。"[27]"视觉再现之语言再现的诗歌"与

24　《绘画中符号叙述：艺术研究与视觉分析》，111 页。

25　《绘画中符号叙述：艺术研究与视觉分析》，111 页。

26　《绘画中符号叙述：艺术研究与视觉分析》，86 页。

27　［美］W·J·J·米歇尔，《图像理论》，陈永国，胡文征译，北京大学出版社，2006 年，140 页。

"读画诗"的两种指称意义接近，这类诗歌实际上就是诗画转换的形成的特殊体裁。声音和描述成为绘画转换为诗歌的主要手段。

第七章 《秋千》从绘画到诗歌

18 世纪法国画家让·奥诺雷·弗拉戈纳尔（Jean-Honoré Fragonard, 1732-1806）创作的油画《秋千》（The Swing）是一幅著名的画作。20 世纪美国著名诗人威廉·卡洛斯·威廉斯（William Carlos Williams, 1883-1963）曾依据这幅油画写作了诗歌《女士画像》，又译《一个贵妇人的画像》。威廉斯把弗拉戈纳尔的油画《秋千》转换为诗歌，《女士画像》也就成了名副其实的"读画诗"。

据说，《秋千》这幅画是巴黎圣朱丽安男爵和其情妇的肖像画。表面上看，荡秋天是一种游戏或者娱乐活动，并无新奇之处。但是，弗拉格纳尔的《秋千》这幅画反映的却是一对贵族男女在私人花园偷情或调情的场面，更为奇妙的是，这个私密约会的场面还有一位男性偷窥者隐藏在花丛中窥视。油画的背景是树木茂密，花丛弥漫的私家花园。画中年轻女性身着粉色衣裙，头戴草帽，坐在秋千上，双手抓住绳索，正在荡秋千。她双腿分开、裙子被风掀起、一只鞋子飞在半空，而偷窥她的男子仰卧于草地上，左手拿着一顶帽子并伸向她，右手弯曲扶在花丛中，他面带微笑，双眼凝视着女子被吹开的裙子，向里窥视。画中有两组雕像，一尊是画面下方的爱神雕塑，另一尊在画的左中位置，仍是爱神雕像，它手指放在嘴唇，暗示女子不要发声暴露偷窥的男子。在荡秋千女子的身后，还有一位穿着得体，头发苍白的老年男性，他双手拉住绑在秋千上的绳索，用力伸拉，助力女子在空中悠闲摇摆。油画中引人注目的细节是秋千上的女子一只鞋不慎脱落并甩了出来，停留在空中。以荡秋千的女子为视界，男青年和女子的丈夫一前一后，一隐一现，构成了一幅反讽画面。

法国画家弗拉戈纳尔，《秋千》，1766 年，81×64cm，木板油画，现藏于英国伦敦华菜士珍藏馆。

美国诗人威廉·卡洛斯·威廉斯曾根据弗拉戈纳尔的油画《秋千》写作了诗歌《女士画像》。他的这首诗目前国内大约有三种中文翻译，三种翻译，略有差异。先看《一个贵妇人的画像》（Portrait of a Lady）这首诗的第一种翻译：

> 你的大腿是苹果树
> Your thighs are appletrees
> 树上的花触及天空。
> whose blossoms touch the sky.

什么天空？就是

Which sky? The sky

画家华托挂着一只女士拖鞋的

where Watteau hung a lady's

天空。你的双膝

slipper. Your knees

是一缕南风——或是

are a southern breeze—or

一阵飘雪。啊！画家弗拉戈纳尔

a gust of snow. Agh! What

是个什么样的人？

sort of man was Fragonard?

——好像这能回答

—as if that answered

什么似的。——啊，对了，还有

anything. Ah, yes—below

那曲调顺延而下，

the knees, since the tune

双膝以下便是

drops that way, it is

那白灿灿的夏日之一，

one of those white summer days,

你双踝的长草

the tall grass of your ankles

在岸上摇曳 ——

flickers upon the shore—

哪儿的岸？ ——

Which shore? —

有沙粒黏在我嘴唇上 ——

the sand clings to my lips—

哪儿的岸？

Which shore?

啊，也许是花瓣。

Agh, petals maybe. How

我怎么晓得呢？

should I know?

哪儿的岸？哪儿的岸？

Which shore? Which shore?

我说了是苹果树的花瓣。

I said petals from an appletree.[1]

以上英汉对照翻译出自杨佳楠，欧荣的论文"《贵妇人画像》中的'艺格符换'：诗歌与绘画的对话"。

第二种译名为《女士画像》的中文翻译，它出自《威廉·卡洛斯·威廉斯诗选》的译者傅浩先生，他这样翻译：

你的大腿是苹果，

树上花朵摩挲着天空。

那一片天空？瓦托

在那儿悬挂一只女鞋的

天空。你的膝盖

是南来的微风——或是

一场暴雪。啊哈！弗拉戈纳

是何等样人？

——好像这能回答

什么疑问似的。啊！对了——膝盖

之下，既然音调

那样降落，那便是

一个白色的夏日，

你的脚踝的高草

在海滩上摇曳——

哪一片海滩？——

---

1 杨佳楠，欧荣，《贵妇人画像》中的"艺格符换"：诗歌与绘画的对话，载《美育学刊》，2016 年，第 6 期，83 页。

沙子粘在我的唇上——

哪一片海滩？

啊哈，也许是花瓣。我

怎么知道？

哪一片海滩？哪一片海滩？

我说是苹果树上落下的花瓣。[2]

以上两种威廉斯诗《女士画像》或《贵妇人画像》除个别词汇翻译的细微差别外，其他译文基本上一致。如"shore"被译为"岸"或"沙滩"，"tune"被译为"曲调"或"音调"。

美国图像学家 W·J·T·米歇尔曾对威廉斯的这首诗做过精细地分析，他指出："威廉·卡洛斯·威廉斯的《一个贵妇人的画像》中分裂的声音是这种窥阴式矛盾情感最好的例子，这首视觉再现之语言再现的诗歌也许是讲给一个女人的，她被比作一幅画，或是画中的一个女人：

你的臀部是苹果树

它的花朵开满天空。

哪个天空？华托

挂满女人拖鞋的天空。

你的膝盖是南来的微风

或一阵飞雪。啊！

弗拉戈纳尔是哪种男人？

——仿佛那是回答。

啊！是啊——在膝下

因为曲调在那里落下

那些激情的夏日里

你脚边高高的草棵

向岸边摇曳——

哪个岸边？——

沙粒粘住了我的唇编——

哪个岸边？

2　［美］威廉·卡洛斯·威廉斯，《威廉·卡洛斯·威廉斯诗选》，傅浩译，译文出版社，2015 年，68 页。

> 啊！也许是花瓣。
>
> 何以得知？
>
> 哪个岸边？哪个岸边？
>
> 我说是苹果树上的花瓣。

插进来的问话也许是受述者女人的声音，或是诗人无意识的声音，或是诗的隐含的读者的声音，不耐其烦地打断了视觉再现之语言再现，要求清晰和准确。无论在哪种情况下，哪声音都抵制对视觉再现之语言再现的形象给予轻轻的爱抚，抵制通过水果、花朵、花瓣、风和大海等熟悉的隐喻感性地想象那女人的身体。当然，这有助于我们了解到这首诗可能暗指弗拉戈纳尔的《秋千》，一幅性感的洛可可式田园画，描绘一只快乐的天鹅看着秋千上一个年轻的女人的裙子。威廉斯也许在把他的声音投射到这幅画上，想象在打秋千的少女与年轻的窥阴者之间有一番对话。是把这幅油画看作是这首诗的景观，还是仅仅看作与一个真实场景的比较，窥阴者的矛盾情感——伴随着被禁止的要看的欲望——都似乎是造成这两个声音的分裂的原因。把'臀部'比作'花朵开满天空'的'苹果树'，这个谨慎的隐喻即刻遭遇到要求清晰回答的抵制：'哪个天空？'当然，回答只能是这个年轻人想要上去的天堂，在另一幅画中被作为天空而比喻性地延宕下来，'华托挂上女人拖鞋的天空'。说话者甚至可以为他自己的矛盾情感找到一个比喻，那是看到她的膝盖像是'南来的微风或一阵飞雪'时而感到的热烈的欲望和冷漠的怯懦。说话者的视线和曲调的运动从慎重到怯懦：从花朵开满天空的臀部，'曲调'降落到'膝盖'、'脚'和脚在那里'摇曳'的'岸边'。如在弗洛伊德所说的恋物癖的原始场面中一样，男孩在这个女性形象中看到了可怕的东西（对弗洛伊德来说，女人没有阴茎使男孩感到被阉割的危险），所以他必须找到换喻或隐喻的替代品——天空中挂着的女人的拖鞋；使人仿佛要扑倒在岸边，粘在他唇上的沙粒。阴雨的遁词越复杂，直抒胸臆的声音就越矜持，要求告之'哪个天空'、'哪个岸边'，而诗歌的声音就越固定、越重复。这位恋物癖最后回到了他捕捉到的第一个替代性形象，拒绝传统的恋物客体拖鞋和脚，而喜欢诗中最初的隐喻：'我说是苹果树上的花瓣。'"[3]米歇尔所谓的"视觉再现之语言再现的诗

3　［美］W·J·T·米歇尔，《图像理论》，陈永国，胡文征译，北京大学出版社，2006年，156-157页。

歌"指的就是读画诗。

之所以引用这段较长的引文，一方面是米歇尔精到分析的技艺值得学习，另一方面，这段引文中也有这首诗的完整翻译，可与前面两种译文形成对照。稍加对照，不难看出，《图像学理论》译者只是将"thighs"译为"臀部"，而其他两种译文为"大腿"，似乎为了强调女性的性感。三种翻译都将诗名中的"Portrait"译为"画像"。这个词还有肖像，画像；描写，描述，类似物，类型之意。《女士画像》这首诗出自威廉斯的诗集《给想要它的人》，于1917年由波士顿四海出版公司出版，诗集收录了他的五十二首诗。这首诗翻译者傅浩先生指出："让·安托瓦·瓦托（1684-1721）：法国画家，善画身处理想化乡野风景中着装优雅的恋人，有一只女鞋飞在空中的是另一位画家让·欧诺雷·弗拉戈纳（1732-1806）的名画《秋千》所描绘的景象。诗人记错了。"[4]瓦托又译华托，全名让·安东尼·华托（Jean-Antoine Watteau，1684-1721）是法国18世纪洛可可时期最重要的画家之一，他也创作过与弗拉戈纳同名的油画《秋千》。

华托（Watteau Jean Antoine），《秋千》，1730。

---

4 《威廉·卡洛斯·威廉斯诗选》，68页，页下注。

　　华托与弗拉戈纳的同名油画《秋千》描绘的情境大致相同，时间是黄昏或者傍晚，游戏活动也是荡秋千。不同的是，华托的油画的背景是山顶树林，而弗拉戈纳油画的背景是私家花园；华托的油画只有两个人物，缺少偷窥者；男主角站在女情人的前面拉动秋千，而非站在身后拉动。画风整体上显得含蓄温婉，不像弗拉戈纳的油画那样轻浮放荡。艺术批评史家廖内洛·文杜里指出："18 世纪优秀的画家，延续着经修改后的 17 世纪最优秀画家的趣味倾向。依凭鲁本斯和威尼斯画家，罗歇·德皮勒开启了通向法国趣味的新路径。紧接着便出现了抑制普桑式传统的艺术家——华托。华托之后，法国又有夏尔丹［Chardin］和弗拉戈纳［Fragonard］这两位纯粹的艺术家，要使绘画问题带有个性特征的任务便落到了了他们身上，就如华托曾做过的那样。"[5]除华托、弗拉戈纳创作油画《秋千》之外，法国 18 世纪画家让-巴蒂斯特·佩特（Jean-Baptiste Pate，1695-1736）于 1733 年创作了油画《秋千》（The Swing）。威廉斯在诗中将油画中的荡秋千的女人——"她"变成诗歌中的——"你"，这种人称的改变使得诗歌成为"对话式"而不是常见的"描述式"的"读画诗"。这应该是从绘画转换为诗歌的方式之一，也是题材挪用的常用手法。绘画精致的画面经对话式的诗句的转换之后，诗歌出现了声音。威廉斯用第二人称把画中女子与窥阴者或观者的距离拉近，设置了对话的情境，让她发声对话。这样一来，绘画的题材就被挪用到诗歌当中。值得注意的是，弗拉戈纳尔的油画《秋千》名称提示了表现的画面，而威廉斯的诗中没有出现"Swing"——秋千这个词汇。"Swing"除了秋千之意外，还有摇摆、摆动、音律、涨落等意。威廉斯的诗歌《女士画像》中主要意象有：苹果树、鞋、沙滩或者海岸、花瓣或花朵等。这些意象都具有性的象征和隐喻色彩，基本上是精神分析学中常见的词汇。

　　威廉斯的诗《女士画像》用语言再现了弗拉戈纳尔的油画《秋千》所展示人类由来已久的两种癖好：窥阴癖（Voyeurism）和恋物癖（fetishism）。弗洛伊德曾把性的生活区分为常态性生活与倒错性生活，窥阴与恋物都属性倒错的表现形式。他根据治疗一例女性患者的经验指出："好奇心的表现和'窥看'（look on）的欲望当然起源于性的'窥视冲动'，尤以关于父母为甚，这个冲动就促成了女子早婚的强烈有力的动机；"[6]窥阴癖是一种性心理变态

5　［意］廖内洛·文杜里，《艺术批评史》，邵宏译，商务印书馆，2020 年，133 页。
6　［奥］弗洛伊德，《精神分析引论》，高觉敷译，商务印书馆，1996 年，172 页。

行为和精神疾病。主要表现为三种形式：①窥视女性阴部；②窥视裸体女性；③窥视他人性交做爱。弗拉戈纳尔的油画《秋千》和威廉斯的诗《女士画像》都隐含着窥视女性阴部的潜在欲望。诗中说："弗拉戈纳尔是哪种男人？／——仿佛那是回答。／啊！是啊——在膝下／因为曲调在那里落下／那些激情的夏日里／你脚边高高的草棵／向岸边摇曳——"这几句诗是对油画《秋千》的解读，也是想象性的隐喻。膝下，曲调，激情、摇曳等词汇，暗示窥视者偷窥女性两腿之间隐私部位的行为。诗中"挂满女人拖鞋的天空"的诗句，反映出偷窥者对女人的鞋子的特殊癖好，这种嗜好即是恋物癖（fetishism），又称恋物症，是性偏好障碍的一种。弗洛伊德也曾例举过恋物癖的种种情形，他说："还有些人完全不以生殖器为对象；但以身体的其他部分，如妇人的胸部，脚或毛发等，为情欲的对象。还有些人，甚至以为身体的部分也无意义，反而一件衣，一只鞋，或一袭衬衣尽可满足他们的情欲；"[7]恋物的症候是在强烈的性欲望的驱使下，反复收集异性使用的物品，如乳罩、内裤、鞋等，并通过抚摸嗅闻或咬所恋直接与异性身体接触的物品，伴以手淫，作为性兴奋与满足的惟一手段的性变态心理。对此，弗洛伊德指出："与性无关的而与性对象有关的身体某部位或一些非生物性物品，都可以被恋物癖患者用来当作性对象的替代物，当然这些对象还具有一定的性意味。举例来说，性对象身体上的某些部位比如脚踝、头发等，而非生物性品则包括衣物碎片、贴身内衣等。当然这些是和异性有明显关系的。"[8]偷窥与恋物经威廉斯的对话式的诗句说出来，更像是一种日常的谈资或者戏谑式的笑话。

荡秋千本是一种娱乐游戏活动。但是把这种娱乐活动当成调情偷情的方式，是 18 世纪法国贵族的一种生活时尚。法国学者萨比娜·梅尔基奥尔·博内指出："华托、布歇、弗拉戈纳尔赋予轻浮一种性感、轻松、优雅非常的图景，那是一个把爱情当消遣的有闲阶级的特有图景。'秋千少女'凌风飞旋在那一瞬的飘然与烂漫里，混杂着荡漾的春情，以及假惺惺的欲予还夺。少女离了实地，恰使倾倒的观者幸运地瞥见纤纤玉足和掀开的亵裙；然而，才期触手可及，她却早已逃离。七重天的许诺与不可避免的落地，这就是秋千的高下往复所表达的。社会好似弗拉戈纳尔的秋千。必须在快乐经过时将它摘取。这一抉择不带任何小算盘，也没有任何反动；轻浮只是远离爱情，一

7　《精神分析引论》，240 页。
8　［奥］弗洛伊德，《性学三论》，贾宁译，译林出版社，2015 年，22 页。

如极度放纵。就像调笑逗趣的闲聊放弃严肃的主题与高贵的谈吐，风流情缘满足于平平淡淡、若即若离。肉体享乐本身有其局限性，会使人成为自己肉体的奴隶，而轻浮之人应守住自由。'男子要'拥有'女子求'诱逃'，这才是猎艳与依存的真正动机。所以分手和交欢一样容易'贝桑瓦尔男爵进一步指出。露水情既不必持久，也不必忠诚。上流社会在接受反复无常的女子和朝三暮四的侯爵夫人的同时，并不总是区分这两者……"9把放纵当成自由，把偷情当作爱情，这是那个时代病态浮华的社会征兆。既然生活中有这种现象，艺术家在其作品中加以表现就成为了一种正常现象。

20世纪苏格兰诗人道格拉斯·邓恩（Douglas Dunn，1942-）也写作过一首描绘弗拉戈纳尔的油画《秋千》的读画诗，名为《分心》，其诗如下：

> 他的败坏就因为这么一个荡秋千的
> 坏女孩，她从弗兰戈纳尔的画布上
> 荡了出来。始于何时并不重要；但他
> 那时年轻。她的裙子扬起，裸露出
> 诱人的脚踝，而且，只满足了一半！
> 她穿着路易·昆兹牌衬裤。有些小子
> 喜好《花花公子》以及露点的故事，
> 他不在乎这些。他发现了他的畅爽，
> 在他的这个后花园里，真实的世界
> 已破碎在青草与树荫的狂喜之外，
> 这是他的爱神之家，纵欢与浪荡之岛，
> 爱，在这里绝不会犯下任何过错。
> 再说，他确实年轻；相信他能确保——
> 这首爱情的歌会完整地重新唱过。

> The Distraction
> By Douglas Dunn
> He was corrupted by a bad girl on
> A swing, who swung out from a canvas made
> By Fragonard. It hardly matters when;

9　［法］萨比娜·梅尔基奥尔·博内，《轻浮的历史》，赵一凡译，上海书店出版社，2017年，94页。

But he was young. Her skirt rose, she displayed

Her pretty ankles, and, half-satisfaction!

Her Louis Quinze drawers. If some young men

Preferred Playboy and short stories withtits,

He didn't care. He'd found his jouissance,

His garden where the real world broke in bits

Outside an ecstasy of grass and shade,

His Cythera, his island of the rakes

And libertines where love makes no mistakes.

Well, he was young; he thought he had it made —

Cette chanson d'amour quitoujours recommence[10]

  道格拉斯·邓恩的诗《分心》基本上是对弗拉戈纳尔的油画《秋千》的还原式再现，只不过是用语言文字来描述再现的，同时又添加了现代性的想象。如，诗中把现代人生活时尚与追求添塞进诗歌："她穿着路易·昆兹牌衬裤。有些小子 / 喜好《花花公子》以及露点的故事，"穿名牌衣服，看时尚杂志——《花花公子》等现代生活拼贴到油画上，使之与 18 世纪贵族生活的历史镜像互为观照，奢靡浮华是任何时代有闲阶层的追求，不同的是追求方式的变化。荡秋千的女子被描述为"坏女孩"和"诱惑者"，是她让偷窥男子变坏。但是，这首诗并非将女人视为红颜祸水，而是从"偷窥者"的角度道出了偷窥的快感以及对道德的蔑视。

  如果说，威廉斯的诗《女士画像》是一首对话式的"读画诗"，那么，道格拉斯·邓恩的诗《分心》则是修辞式的"读画诗"。有学者将"读画诗"翻译为语象叙事古希腊 ekphrasis 这个词汇本来就与修辞有关，而且，后来的诗人沿袭传统，把 ekphrasis 变成一种文体或者文类。因此，现代诗歌至少在题材上与手法上仍然恪守了古典传统，描述成为读画诗的主要手段。

---

10 "读译写诗微信公众号"，得一忘二，2020 年 5 月 27 日。

第八章 《舞蹈》从绘画到诗歌

　　美国诗人威廉·卡洛斯·威廉斯（William Carlos Williams，1883-1963）的诗作《舞蹈》（The Dance）是根据 16 世纪尼德兰画家彼得·勃鲁盖尔（Bruegel Pieter，约 1525-1569）的油画创作的一首"读画诗"。勃鲁盖尔的画与威廉姆斯的诗构成互文性。然而，勃鲁盖尔的许多油画都有舞蹈场面，威廉斯的诗作《舞蹈》究竟依据的是勃鲁盖尔的哪一幅油画？勃鲁盖尔的绘画又是怎样转换为威廉斯的诗歌的？读画诗到底是一种风格还是一种文类？这些问题不仅涉及对威廉姆斯的诗作《舞蹈》的解读，而且还涉及到诗歌与绘画的转换以及如何认识"读画诗"。

　　威廉斯的诗作《舞蹈》的原文：

The Dance
In Brueghel's great picture, The Kermess,
the dancers go round, they go round and
around, the squeal and the blare and the
tweedle of bagpipes, a bugle and fiddles
tipping their bellies (round as the thick-
sided glasses whose wash they impound)
their hips and their bellies off balance
to turn them. Kicking and rolling about
the Fair Grounds, swinging their butts, those
shanks must be sound to bear up under such
rollicking measures, prance as they dance

in Brueghel's great picture, The Kermess.[1]

诗歌《舞蹈》的汉语译文：

在勃鲁盖尔的杰作——"狂欢会"中，

跳舞的人们转啊，他们转啊

转，风笛、小号和提琴的

尖叫、聒噪和荒腔走调

奏歪了他们的肚子（圆得像厚

边玻璃杯，盛着生啤酒糟）

他们的腰胯和肚子转得

失去了平衡。满市场地

踢啊滚啊，摇摆着屁股，那些

小腿一定很健壮，才挺得住这么

快乐的节奏，他们大步舞蹈

在勃鲁盖尔的杰作"狂欢会"中。[2]

一、威廉斯究竟书写的是勃鲁盖尔的哪一幅画?

诗人威廉·卡洛斯·威廉斯曾热衷于书写勃鲁盖尔的绘画，出版过专门诗集《出自勃鲁盖尔之手的绘画》（1962）。但是诗歌《舞蹈》不是出自这本诗集，而是另一部名为《楔子》的诗集，该诗集出版于1994年，共收录了50首诗。诗歌《舞蹈》的灵感来自勃鲁盖尔的画作，描绘的是尼兰德乡村农民在节日集会跳舞的情景。但是，诗中第一句中"The Kermess"汉语有不同翻译：或译为"集市"，或译为"狂欢会"等。勃鲁盖尔油画《圣乔治的集市和围绕五月柱的舞蹈》《乡村集市》《农民的婚礼》《农民的舞蹈》等油画均有舞蹈场面，威廉斯究竟依据的是勃鲁盖尔的哪一幅油画？恐怕还需要分析和判断，才能得出结论。仅以诗歌而言，威廉斯《舞蹈》用简单的语言和引人注目的画面再现了一个歌舞升平狂欢滑稽的乡村世界以及淳朴简单的农民生活。

除《威廉·卡洛斯·威廉斯诗选》中译有《舞蹈》一诗外，《来自天堂的诗人：威廉·卡洛斯·威廉姆斯传》一书的中文译者也翻译了威廉斯的诗

1　https://www.best-poems.net/william_carlos_williams/the_dance.html.

2　［美］《威廉·卡洛斯·威廉斯诗选》，傅浩译，译文出版社，2015年，317-318页。

歌《舞蹈》，但是，"The Kermess"被译为"露天市场"。以下是全诗的中文翻译：

> 在布鲁盖尔的画中，露天市场，
>
> 舞者跳啊跳，一圈又一圈
>
> 地旋转，风笛的尖啸声、嘟嘟声
>
> 还有鸟鸣声，喇叭和小提琴斜靠在
>
> 他们的肚子上（他们的肚子像厚厚的玻璃杯
>
> 一样圆滚滚。衣服被谁没收了）。
>
> 他们的臀部和肚子使之无法
>
> 平稳转身。在露天市场上踢踢腿、打打滚
>
> 摇摇屁股，那些腿长的舞者肯定很健康能
>
> 撑起这样欢快的节奏和腾跃
>
> 在布鲁盖尔的画中，露天市场。[3]

《威廉·卡洛斯·威廉斯诗选》中译者傅浩先生将 The Kermess 译为"狂欢会"，《来自天堂的诗人：威廉·卡洛斯·威廉姆斯传》的译者译为"露天市场"，两种译法对比，根据时代语境，狂欢会似乎比露天市场更接近绘画的本意。勃鲁盖尔擅长描绘农民题材的风俗画。他朴实而生动地描绘了尼德兰乡村的日常生活场景。俄罗斯著名学者米哈伊尔·巴赫金指出："狂欢节类型的节庆活动和与之相关的各种诙谐性表演或仪式，在中世纪人们的生活中占有重大的位置。除了一连多日在街头广场举行各种复杂的表演和游行等本义的狂欢之外，还有特别的'愚人节（festa stultorum）'和'驴节'，还有得到传统认可的自由'复活节游戏'（risus paschalis）。此外，几乎每一个宗教节日也都各有例行的民间广场游乐活动。例如所谓'庙会'（'寺院节日'）就是如此，这些描绘一般都有集市和各种成套的广场游艺节目（有巨人、侏儒、畸形人和'文明'野兽出场）。"[4]据此观点，结合勃鲁盖尔的油画分析，推测舞蹈类的油画应该与节日庆典或者庙会（寺院节日）等活动相关。

---

3 ［美］赫伯特·莱博维茨，《来自天堂的诗人：威廉·卡洛斯·威廉斯传》，李玉良，杨佳君译，黑龙江教育出版社，2017 年，342 页。

4 ［俄］M·巴赫金〈弗朗索瓦·拉伯雷的创作与中世纪和文艺复兴时代的民间文化〉导言，《巴赫金文论选》，佟景韩译，中国社会科学出版社，1996 年，99-100 页。

尼德兰·勃鲁盖尔，《农民的舞蹈》，维也纳艺术史美术馆藏。

勃鲁盖尔的油画《农民的舞蹈》中心是一对背对观者跳舞的农民夫妇，左侧是一张桌子前吹奏风笛乐手和一位似乎喝醉酒的人，后面两个农民在饮酒；这对夫妇的前方是男男女女手牵手围成一圈，踩着节拍，翩翩起舞。意大利学者威廉姆·德洛·鲁索指出："从 1565 年到他逝世的 1569 年彼得·勃鲁盖尔的艺术创造力一直在显著增长。他以创作《季节轮回》等宇宙风景的同样自信，创作了一系列农夫主题的作品，包括《婚礼舞会》（1566 年）、《农夫婚礼》（1568 年）、《农夫舞会》（约 1568 年）等。正是这些作品，给他带来了'农夫勃鲁盖尔'的响亮名号，换言之，一位主要对乡村事物感兴趣的画家。除了自信的构图与和谐的色彩，它们确实显示了关于乡村生活极其精确的知识。这些画面的目的至今不明，尽管在冗长和积极的争论之后，研究勃鲁盖尔的专家已经放弃了各种形式的道德化阐释，他们不再期望从这些对底层社会的描绘中，可以看到日益增长的国家认同感的形式。根据凡·曼德尔所写的，勃鲁盖尔由一位纽伦堡商人和著名的艺术爱好者汉斯弗兰克特作陪，参观乡村庆典，为了'观察农人在吃喝、舞蹈、庆典和其他娱乐活动中的实际情况，他能以画笔积极而趣味盎然地再现这一系列时刻，娴熟地使用水彩或油彩。'"[5]勃鲁盖尔对乡村生活场景的精确描绘来自他的细致观察。

5　［意］威廉姆·德洛·鲁索，《勃鲁盖尔》，姜亦朋译，北京时代华文书局，2015年，27 页。

画家彼得·保罗·鲁本斯（Peter Paul Rubens）曾创作过家族肖像画《老扬·勃鲁盖尔一家》，老扬·勃鲁盖尔（Jan Bruegel）是鲁本斯的好友及合作伙伴，是画家彼得·勃鲁盖尔的儿子。美国学者斯维特兰娜·阿尔珀斯指出："鲁本斯对彼得·勃鲁盖尔的画作（拥有很多他的画作，并且复制过一幅素描）和她的儿子的作品都非常熟悉。特别是他的儿子，画家扬·勃鲁盖尔［Jan Bruegel］，曾是鲁本斯的同事和朋友，鲁本斯会根据他的绘画布局提供人物形象，而且他的意大利语的通信也由鲁本斯代笔。"[6]不仅鲁本斯个人熟悉勃鲁盖尔的绘画，而且他曾画过一幅名为《露天集市》的油画，所表现的主题与勃鲁盖尔一致——舞蹈狂欢场面。阿尔珀斯解释说："鲁本斯的《露天集市》通常被艺术史著作认为与古典时代和罗马酒神节有着双重关联。《露天集市》也被称作是农民的酒神节、乡野的狂欢节、乡野维纳斯和带有荷马神话民谣意味的露天集市［Kerms］"[7]鲁本斯不仅创作过与勃鲁盖尔同名画作，而且他还创作过一幅《农民舞蹈》——"另外有一幅鲁本斯所作的《农民舞蹈》［Peasant Dances］是由《露天集市》派生出来的画作，原来被叫做《意大利农民之舞》［A dances of Italian Peasant］更符合布克哈特的叙述。"[8]可见，鲁本斯还是对尼德兰传统有所偏爱，尤其是充满世俗气息乡野味道的勃鲁盖尔的绘画对他具有强烈的吸引力。

勃鲁盖尔另一幅描绘舞蹈场面的绘画是他的《婚礼舞蹈》（The wedding Dance）。这幅画描绘的是"在这场户外的乡村婚礼聚会上，约有 125 个客人。人们在前景中围成半圆形状跳舞，而背景上的其他人则扎堆儿交谈、饮酒和调情。"[9]鲁索推测说："从观念的主题和尺幅来看，这幅画（指《婚礼舞蹈》）与《农夫婚礼》密切相关。它最初可能是作为挂件创作的，抑或可与《农夫婚礼》合为一体。"[10]这种说法以两幅画作相似性的场景为依据。其中《农夫舞会》又名《农夫的露天狂欢》，狂欢又与露天集市有关。意大利学者戴维·比安科指出："在这些作品中，勃鲁盖尔围观者还原了农民集体形象，这个农

6　［美］斯维特兰娜·阿尔珀斯，《制造鲁本斯》，龚之允译，贺巧玲校，商务印书馆，2019 年，51 页。

7　《制造鲁本斯》，12 页。

8　《制造鲁本斯》，15 页。

9　［比］帕特里克·德·莱克，《解码西方名画》，丁宁译，生活 读书 新知三联书店，2011 年，192 页。

10　［意］威廉姆·德洛·鲁索，《勃鲁盖尔》，130 页。

民集体形象依然延续着与劳作和酒神节仪式相关的传统。就如 20 世纪最吸引人的历史学者之一——约翰·赫伊津哈（Johan Huizinga）所说，这种传统节日和游戏的本质有关，即游戏和娱乐会在历史中不断构建人类学的环境和背景。在如今被视为经典作品的《游戏的人》（Homo ludens）中，赫伊津哈甚至将游戏和竞赛视为一切的起源，认为它们是所有文化中的先行者，是独特知识形式的创造者。根据这位荷兰学者的观点，文化始终具有游戏的某些成分和特征——这个人类学基本范例甚至可以在骑士团体和哲学思想中进行自我支配，因此即使在中世纪它也并未消失。"[11]

彼得·勃鲁盖尔（Bruegel，Pieter），婚礼舞蹈。

根据以上分析，威廉斯的诗歌《舞蹈》主要以勃鲁盖尔的画作《婚礼舞蹈》为蓝本，杂糅了《农夫婚礼》与《农夫舞会》等油画写作而成。

二、勃鲁盖尔的绘画如何转换为威廉斯的诗歌？

德国学者沃日恩格尔指出："老勃鲁盖尔率先用素描的方式记录下弗兰芒乡村的每日生活情景，在他去世以后的很多年还被人传颂，至今弗兰芒的

---

11 ［意］戴维·比安科，《勃鲁盖尔》，郭晶译，安徽美术出版社，2019 年，118-119 页。

乡村仍旧保留着他画中的一些情景，这些情景被称为'勃鲁盖尔主题'。"[12]所谓勃鲁盖尔主题，不单指乡村生活情景，也指乡村生活场景。学者们认为，勃鲁盖尔的画作是"风俗画"（Genre Painting），但不是一般意义的日常生活中典型场景和事件为主题的风俗画，是特定的节日、婚礼、游戏等群体性活动场面。一般而言，人物众多，形态各异，刻画生动。他关注的是粗俗丑陋以及残疾的人群，这大概是他的油画采用了"真实、风趣和夸张的表现方法"的缘故。美国传记作家赫伯特·莱博维茨说："将一幅画的韵律转变为一首诗的声音和节奏，几乎是不可能的。然而，威廉斯却用文字抓住这充满活力的精神。诗歌第一行和最后一行完全相同，是对称的，这种对称性融入了一支在集市上轻盈旋转的民间舞蹈。《在布鲁盖尔的名画中，露天市场》就是发令枪，能推动所有事和和所有的人前进。'一圈'反复出现，乐器名词集合到一起，发出奇怪的声响（'吱吱声''嘟嘟声'，还有刺耳的'鸣叫声'，是风笛那种低沉又富有异国情调的音色特征），这一切都表现了舞者身体动作上的放纵。诗行中插入成分也不能打破舞蹈或诗的连贯性。威廉斯对'臀部''长腿'和'肚子'的评论没有使用他所擅长的行话和委婉语。诗人并不是一个旁观者，他通过表现爱使用俗词和性感字眼，积极参与舞蹈，诗中'欢快的节奏'，用失去平衡又摇摇晃晃的音步和内在韵律，以一种绝妙的形式贯穿到最后一行：'我的结束即我的开始'。"[13]几乎是不可能完成的由绘画到诗歌的转换，威廉姆斯在他的诗《舞蹈》中做到了。除了客观描述之外，声音的挪用实现了艺术形式之间的巧妙转换。

　　威廉斯根据勃鲁盖尔化作所写的"读画诗"，无一例外地用简洁的词汇再现绘画的场景。研究者指出："威廉姆斯在《农民的婚礼》中措辞尽量符合非自我意识的细节，使这幅作品充满生命力：风笛手们，'头上顶着／成熟的麦／穗'（丰收的象征），挂在墙上；一只猎犬在桌子底下懒散地伸开四肢躺着，一个害羞的新娘'局促不安地沉默不语'，而'妇女们戴着／浆硬的帽子'，她们无疑参加过很多这样的婚礼，在'大胡子市长'身边'正斗嘴饶舌'（威廉斯狡猾地用'正斗嘴饶舌'和五行以外的诗行'凝结'押韵）。"[14]这是在解释威廉斯用客观冷静的语言描述尼德兰农民

12　［德］沃日思格尔，《勃鲁盖尔》，徐頔译，北京美术摄影出版社，2015年，6页。
13　《来自天堂的诗人：威廉·卡洛斯·威廉斯传》，342-343页。
14　《来自天堂的诗人：威廉·卡洛斯·威廉斯传》，416页。

狂欢庆典的场景。

  西方文学史上写作农民狂欢庆典的诗作最早可以追溯古罗马。美国学者斯维特兰娜·阿尔珀斯指出："农民庆典的文学先例可以在贺拉斯［Horace］的《颂歌》［Odes］中，最重要的是维吉尔［Virgil］的《农事诗》［Georgics］中找到。鲁本斯的农民形象可以用贺拉斯诗中那些兴高采烈地用脚跺地的欢庆祈祷的舞者来形容——'现在是欢饮的时候了，同伴们，现在用无拘无束的用脚来跺地吧'［'Nunc est bibendum, nunc pede libero/pulsanda tellus……'］（贺拉斯，《颂歌》，第八卷第37首）"[15]《贺拉斯诗全集》汉语译本的这首诗为：

> 此刻理当饮酒，此刻自由的足
> 理当敲击大地，伙伴们，此刻终于
> 可以在供奉神像的长椅上铺满
> 萨利祭司的丰盛食物。[16]

  这是贺拉斯的《颂歌》第八卷第37首诗的开头几句，整首诗主要不是描述农民的庆典狂欢，而是叙写埃及艳后克里奥佩特拉之死。"尽管这件作品明显地承袭自勃鲁盖尔（还有他之前的纽伦堡［Nuremberg］版画工匠）的绘画传统来创作，该画作的主题却很难说清——'露天集市'还是'婚礼'。"[17]在某种意义上，威廉姆斯的"读画诗"也是这种西方传统的承袭和延续。

  传记作家赫伯特·莱博维茨指出："1924年威廉斯和弗洛斯一起在维也纳花了一下午，流连于欣赏布鲁盖尔（即勃鲁盖尔——笔者注）的画作；但是对于他的诗歌来讲，这本艺术画册中的复制品足以引起他的敬意。他努力把自己的诗歌变成模仿，而不是复制。就像布鲁盖尔站在他的时代一样，我也立足于我自己的时代。威廉斯似乎在说，由于布鲁盖尔继承了宫廷画师的职业，他的作品植根于当地文化习俗，诠释了威廉斯的坚定信仰，即家乡的素材可以激发伟大的艺术。威廉斯选择画作，为布鲁盖尔的毕生创作提供了一个概括图像（从威廉斯选择的画作大致可以窥探毕生之作）：一幅自画像，一个神话主题（《伊卡洛斯的坠落》），两幅《新约全书》主题画

---

15 《制造鲁本斯》，33-34页。
16 ［古罗马］贺拉斯，《贺拉斯诗全集》（上），李永毅译，中国青年出版社，2017年，91页。
17 《制造鲁本斯》，31页。

（《国王前来朝拜图》和《盲人的寓言》），但是大部分场景都取材于描述农民辛勤劳作的'平凡世界'，在《收割》中，农民们'挥舞着镰刀唰唰割到／一排排小麦'庄稼收割完后，在烈日下慵懒地休息，或者庆祝婚礼威廉斯喜欢布鲁盖尔画中热闹的生活和粗俗的社会群体，他们的善良里混合着幽默、滑稽，更重要的是，别出心裁的细节会不经意地悄悄爬上画布的一角：'一扇卸下来的谷仓门'用作支架临时的桌子；'一个服务员穿着红色／外套一把勺子系在帽子的饰带上'，或者一个'旅馆标记／悬挂在一个／坏掉的铰链上……一只牡鹿一个十字架／挂在两个鹿角之间'。在布鲁盖尔的画像中，人物随着季节有节律运动，这是这位画家深受威廉斯喜爱的另一个特点。还有布鲁盖尔毫不费力地聚集起来的一群人：狩猎者带着一群猎犬，女人们围在一个'巨大的篝火'旁取暖，孩子们在膝下玩耍，像由三部分组成的'儿童游戏'。他们是天生的即兴诗人，随意拿起手边的任何物体，巧妙地玩耍，或者拿它当进攻武器。单单边跑边翻跟斗，攀爬摇晃，这些动作对于久坐的不动的诗人来说，就十分令人兴奋。这首诗简直就像是惠特曼风格的短诗系列中的一首，短短的诗行里描绘了儿童的玩具和游戏——高跷、铁圈、纸风车，甚至'一个大空木桶一个男孩朝里面大喊'这个形象，如马里亚尼指出的那样，是威廉斯生命之末的缩影，'他的话减少成慢慢消失的点'"[18]这段较长的引文说明，勃鲁盖尔善于描绘乡村日常生活的景象，刻画细致生动，再现了16世纪尼德兰农民生活的场景。

《婚礼舞蹈》是彼得·勃鲁盖尔在1566年创作的一幅木板油画，它与《农民婚礼》和《农民舞蹈》一起构成"三部曲"。其中《婚礼舞蹈》描绘了参加婚礼群舞的场景。露天场地，拥挤人群，夸张舞姿，率性狂欢，营造出一种热烈粗放的乡野氛围。西方学者认为，勃鲁盖尔是一位人文主义者。罗伯特·德莱沃伊曾《勃鲁盖尔》一书中说："当他打破哥特时代的长期沉默，以描绘民众喧闹的欢乐引领现代艺术时，当他打破宗教艺术的传统时，因为他从永恒的时节来到现在。他不是一位农民画家而是一位伟大的人文主义者，这就是为什么他能够成为日常生活的至高无上的诠释者，并成功地创造出非常适合大众欢乐气质的风格。"[19]

18　《来自天堂的诗人：威廉·卡洛斯·威廉斯传》，415-416页。

19　Jerome Mazzaro, William Carlos Williams The Later Poems, Cornell University Press.1973.p.159.

三、读画诗是一种风格还是一种文类？

威廉斯的诗歌《舞蹈》是一首"读画诗"，它是对勃鲁盖尔的绘画的一种语言文字的诗意化描述。"读画诗"Ekphrasis 这个词源自希腊，艺术批评史家廖内洛·文杜里指出："另一种艺术批评就是文字描述［艺格敷词（ekphrasis 或 e'cphrasis）］。它以荷马对阿喀琉斯［Achilles］盾牌的著名描述为范本，《古希腊诗集》里的诗人们都很钟爱这种文体。这种文体由于用词句［word］与形式和色彩竞争的愉悦而变得流行起来。"[20]文杜里把读画诗既看成是一种艺术批评的形式，又视为一种文体。但也有学者指出，尽管这个词的名字听起来很经典，但它本质上是一个现代造词，并认为，Ekphrasis 只是近年来才用来指代文学作品中对雕塑和视觉艺术作品的描述。在古典修辞学中，Ekphrasis 几乎可以指任何延伸的描述。"读画诗"（Ekphrasis）一般被定义为对绘画或雕塑艺术作品的诗意的描述。

按照美国图像学家 E·J·J·米歇尔的观点，威廉斯的诗作《舞蹈》属于"视觉再现之语言再现的诗歌"，即 Ekaphrasis。也就是"读画诗"。他说："作为一种诗歌模式，视觉再现之语言再现的最狭隘意义，即'给无声的艺术客体以声音'，或提供'一件艺术品的修辞描述'，已经让位于更普遍的应用，包括'意在把人、地点、图画等呈现给心眼的固定描写'。"[21]在这段引文中米歇尔的观点虽然不是关于"读画诗"的严格定义，但是他所说的"视觉再现之语言再现的诗歌"与"读画诗"的两种指称意义一致。根据米歇尔的表述，所谓读画诗是指给无声的绘画以声音，对绘画进行修辞描述的一种诗歌模式。这类诗歌实际上就是诗画转换的形成的特殊风格或者体裁。其中声音和描述成为绘画转换为诗歌的主要手段。例如，诗歌《舞蹈》中用文字呈现模拟了许多声音——风笛的尖啸声、嘟嘟声、鸟鸣声，以及喇叭和小提琴发出的声音。这些形态各异的异质声音构成众声喧哗的效果，绘画难以表现声音，而读画诗可以通过语言文字模拟再现声音。米歇尔指出："词与形象的关系恰似词语与客体的关系。在视觉与文字再现的世界里，形象文本重写了名与实、可说与可视、讲述与体验之间的转换关系。"[22]名与实、可

20 ［意］廖内洛·文杜里，《艺术批评史》，邵宏译，商务印书馆，2020 年，51 页。
21 ［美］W·J·T·米歇尔，《图像理论》，陈永国，胡文征译，北京大学出版社，2006 年，140 页。
22 《图像理论》，陈永国，胡文征译，北京大学出版社，2006 年，225 页。

说与可视、讲述与体验之间的转换关系是一种二元关系，当然也可以视作诗歌与绘画的转换方式。

读画诗首先表现为对绘画题材的挪用，正是题材的挪用使得绘画转成了诗歌。英国学者詹姆斯·O·扬指出："题材挪用有时也称为'声音挪用'（voice appropriation），它尤指一个外来者以第一人称描述当地人生活的行为。"[23]诗中："风笛的尖啸声、嘟嘟声／还有鸟鸣声，喇叭和小提琴斜靠在……"这些模拟的声音，让无声的画变为有声的诗。其次，由于诗人对绘画的解读各不相同，出现了修辞式的读画诗、对话式的读画诗以及解读式读画诗等各种各样形式，并表现出不同的风格。荷兰学者米克·巴尔指出："解读是感知和指定意义的行为，在解读中，观画者给作品换框，这作品就是具体的'文本'。在可能出现的某种场合，换框并非是由于文本刚好适合读者的特定情形，例如我的朋友丈夫的学生那个例子。这位朋友根据某一'词汇'进行解读，将所读的词汇当成一个符号元素，并在一个有着符号学意义的句法结构中植入了这个词。于是，符号之间的关系就产生了连贯一致的意义，而不再局限于单个词义的总和。词汇和句法可以教会或习得，它们保证了解读的权利，保证了每个人都可以学到文化。但是，根据'我'与'你'的互动，每个读者或观画者都可以引入各自不同的参照框架。"[24]米克·巴尔明确的阐述解读是一种指定意义的行为，所谓换框，意指把图像置于某种具体的历史语境来加以解读。她说："每一解读的行为都发生在社会历史的语境中或者所谓的'框架'中，这语境和框架制约了可能被解读出来的涵义"[25]威廉斯的诗作《舞蹈》对勃鲁盖尔绘画的解读，也是一种指定意义的行为。诗人按照自己对勃鲁盖尔绘画的解读，糅合不同画面，集中再现乡村农民群舞狂欢的场景。

23　［英］詹姆斯·O·扬，《文化挪用与艺术》，杨冰莹译，湖北美术出版社，2019年，6页。

24　［荷兰］米克·巴尔，《绘画中符号叙述：艺术研究与视觉分析》，段炼编译，四川大学出版社，2017年，81页。

25　《绘画中符号叙述：艺术研究与视觉分析》，73页。

第九章 《盲人的寓言》从绘画到诗歌

　　美国诗人威廉·卡洛斯·威廉斯热衷于用诗歌形式书写再现 16 世纪尼德兰画家彼得·勃鲁盖尔的绘画，出版过专门书写勃鲁盖尔绘画的诗集《来自勃鲁盖尔的绘画》（1962 年）。他的诗集《来自布鲁盖尔的画》（Pictures from Breugel）中的大约 10 首诗作都是依据他所喜爱的尼德兰画家布鲁盖尔的油画创作而成，如《风景与伊卡洛斯的坠落》（Landscape With The Fall of Icarus）《舞蹈》（The Dance）、《孩子的游戏》（Children's Games）、《盲人的寓言》（Parable of the Blind）等。威廉斯试图在这些读画诗中再现布鲁盖尔在其绘画中所呈现的尼德兰乡村日常生活场景。

　　《盲人的寓言》即是威廉斯书写勃鲁盖尔绘画的一首读画诗。学者们普遍认为，勃鲁盖尔这幅画的创作灵感来源于《圣经·马太福音》15 章的训示："耶稣就叫了众人来，对他们说：'你们要听，也要明白。入口的不能污秽人，出口的乃能污秽人。'当时，门徒进前来对他说：'法利赛人听见这话，不服，你知道吗？'耶稣回答说：'凡栽种的物，若不是我天父栽种的，必要拔出来。任凭他们吧！他们是瞎眼领路的；若是瞎子领瞎子，俩人都要掉在坑里。'彼得对耶稣说：'请将这比喻讲给我们听。'耶稣说：'你们到如今还不明白吗？岂不知凡入口的，是运到肚子里，又落在茅厕里吗？唯独出口的，是从心里发出来的，这才污秽人。因为从心里发出来的，有恶念、凶杀、奸淫、苟合、偷盗、妄证、谤讟。这都是污秽人的；至于不洗手吃饭，那却不污秽人。'"[1]《圣经》中耶稣所说的，"若是瞎子领瞎子，俩人都要掉

1　《圣经》，新标准修订版，新标点和合英汉本，中国基督教协会，南京，1995 年，27-28 页。

在坑里。"是一种比喻的说法，意在劝告信众不要用言语污秽人，要听信真言。

关于治愈盲人的神迹，《圣经》中有多处记述。有学者指出："德里达注意到，在几幅以《基督治愈盲人》为题的绘画中，'基督有时只是通过触摸治愈盲人。'就像拉发热、利波特和祖卡罗在同名素描中所描绘的，基督都将自己的手指放在盲人的眼睛上。关于基督治愈盲人的记载，在《新约》中反复记载过三次。只有《马太福音》明确写道：'耶稣……把他们的眼睛一摸，他们立刻看见。'《马可福音》记载是：耶稣说：'你去吧！你的信救了你了。'瞎子立刻看见了。《路加福音》写道：耶稣说：'你可以看见！你的信救了你了。'瞎子立刻看见了。因此，基督的手指在这里不过表明其将他人引向精神之光。"

无独有偶，佛教典籍《贤愚经》卷六《五百盲儿往返逐佛缘品》第二十八记载有五百盲人见佛复明的故事："如是我闻。一时佛。住舍卫国只树给孤独园。尔时毘舍离国。有五百盲人。乞丐自活。时闻人言。如来出世。甚奇甚特。其有众生觌见之者。癃残百病。皆蒙除愈。盲视聋听。哑语偻伸。拘躄手足。狂乱得正。贫施衣食。愁忧苦厄。悉能解免。时诸盲人。闻此语已。还共议言。我曹罪积。苦毒特兼。若当遇佛。必见救济。便问人言。世尊今者。为在何国。人报之曰。在舍卫国。闻此语已。共于路侧。卑言求哀。谁有慈悲。愍我等者。愿见将导。到舍卫国。至于佛所。唤倩经时。无有应者。时五百人。复共议曰。空手倩人。人无应者。今共行乞。人各令得金钱一枚。以用雇人。足得达彼。各各行乞。经于数时。人获一钱。凡有五百。合钱已竟。左右唤人。谁将我等。到舍卫者。金钱五百。雇其劳苦。时有一人。来共相可。相可已定。以钱与之。救诸盲人。展转相牵。自在前导。将至摩竭国。弃诸盲人。置于泽中。是时盲人。不知所在。为是何国。互相捉手。经行他田。伤破苗谷。时有长者。值来行田。见五百人。践蹋苗稼。伤坏甚多。瞋愤怒盛。救与痛手。乞儿求哀。具宣上事。长者愍之。令一使人将诣舍卫。适达彼国。又闻世尊。已复来向。摩竭提国。是时使人。复还将来向摩竭国。时诸盲人。钦仰于佛。系心欲见。肉眼虽闭。心眼已觌。欢喜发中。不觉疲劳。已至摩竭。复闻世尊。已还舍卫。如是追逐。凡经七返。尔时如来。观诸盲人。善根已熟。敬信纯固。于舍卫国。便住待之。使将盲人。渐到佛所。佛光触身。

惊喜无量。即时两目。即得开明。乃见如来。四众围遶。身色晃昱。如紫金山。感戴殊泽。喜不自胜。前诣佛所。五体投地。为佛作礼。作礼毕讫。异口同音。共白佛言。唯愿垂矜。听在道次。"[2]

这个"东方版"的"盲人的寓言"讲述盲人们凑钱请人领路，结果引领的人跑路，盲人上当受骗，幸好有热心者引导达成心愿。显然，佛教的五百盲人寓言，不是揭示政治领导者无知与盲视所导致的危险，而是表现追随信仰的虔诚以及宗教的奇迹。布鲁盖尔在创作油画《盲人的寓言》之前，就已经有盲人出现在他的绘画中，如《尼德兰谚语》中刻画了一组三个盲人，他们被放置在油画左上角最上端的岛屿。很难说，他依据的是《圣经》，还是尼德兰的谚语，或许两者兼而有之。尼德兰民间也流传着类似的谚语：盲人牵盲人，一起倒霉。《圣经》与佛典都讲到了宗教传播者如何治愈盲人。但是，这两个相似性的寓言是各自独立产生？还是存在影响与被影响的关系？对此德国梵文学者温特尼茨有过论述，他说："佛教与基督教文学之间这些相同点究竟达到什么程度和具有什么意义，这个问题值得我们再一次从总体上加以讨论，它们是偶然的巧合即双方的传说、比喻和言论产生与相同的情境和宗教心态，还是一方文学受到另一方的实际影响？是基督教福音书受到前于基督教时代的佛教经典影响？或者，是《神通游戏》和《妙法莲华经》之类后期佛教经典受到基督教福音书的影响？这些问题一再成为研究课题，而答案纷繁歧异。"[3]关于佛教与基督教关系问题，温特尼茨持审慎的观点。研究者解释说："当然，无论是倾听还是触摸，都是一种比喻，是一种将自身——感知，意识和身体——对文本／世界的完全敞开和参与。"[4]除上述提及三处记载外，《圣经·新约》四部福音书均有记载，如《马太福音》第10章27节，20章29节，《马可福音》第8章22节，《路加福音》第18章35节，《约翰福音》第9章1节都说到耶稣治愈盲人的事迹。《圣经》中耶稣或以手指触摸，或以言语开眼，或吐唾沫，盲疾自愈，这应看成是耶稣与信徒之间的信仰感知以及宗教奇迹的宣示。

---

2 《大正新修大藏经》《贤愚经》卷六《五百盲儿往返逐佛缘品》二十八 http://sutra.foz.cn/kgin/kgin04/202/202-06.htm#五百盲儿往返逐佛缘品第二十八。

3 ［德］温特尼兹，《佛教文学与世界文学》，郭良鋆译，《印度文学研究集刊》第3辑，上海译文出版社，1997年，266页。

4 黄其洪，《艺术的背后——德里达论艺术》，吉林美术出版社，2007年，108页。

彼得·勃鲁盖尔,《尼德兰箴言》Netherlandish Proverbs, 1559 年, 德国柏林国家美术馆。

　　《尼德兰箴言》(荷兰语: Nederlandse Spreekwoorden) 又译作《尼德兰谚语》或《尼德兰寓言》, 是勃鲁盖尔 1559 年创作的一幅油彩画。画中描绘了 118 个可识别的在尼德兰地区流行的谚语。比利时学者帕特里克·莱克指出:"在布勒格尔(即勃鲁盖尔)的时代, 寓言极为流行。寓言集得以出版, 并在形形色色的媒介上进行图示, 人们喜欢寓言的双重意义以及所传达的价值观。布勒格尔的绘画是最早对大体上是'寓言之乡'的东西的再现; 他把大约一百条寓言塞进这一构图中。这里的许多人有着布勒格尔笔下常现的特征——神情茫然而又无知的脸。"[5]这段话是莱克针对勃鲁盖尔的油画《尼德兰箴言》所做的解读, 这样看来勃鲁盖尔对大量的尼德兰谚语非常熟悉, 运用自如。

5　[比]帕特里克·德·莱克,《解码西方名画》, 丁宁译, 生活 读书 新知三联书店, 2011 年, 188 页。

彼得·勃鲁盖尔，《盲人的寓言》（The Parable of the Blind）1568 年，那不勒斯博物馆。

勃鲁盖尔的油画《盲人的寓言》中有六个盲人，一个已经跌落在陷阱，一个想要抓住他，另外的四个他们的左手搭在前一个肩上，正向陷阱行进。六个盲人勾肩搭背，走向"胜利的灾难"，这个患难与共同赴险境的画面，是一个经典的画面，它曾出现在印度伟大的史诗《摩诃婆罗多》的结尾，坚战兄弟搭肩缓步走向喜马拉雅山，途中一个一个死去，充满了浓重的悲剧色彩。不同的是，印度史诗中的英雄是彻悟之后的觉醒，而勃鲁盖尔画中的盲人是看不见所导致的濒临危险境地。六个盲人表情动作各异，在盲人们的身后，是农舍和教堂。这个乡村景象是贝德·圣安娜小村友村旁的小教堂。油画《盲人的寓言》不单是《圣经》言论的视觉化，勃鲁盖尔赋予这个寓言的隐喻意义显而易见。德国学者沃日恩格尔指出："存于那不勒斯的《盲人的寓言》画于 1568 年，是勃鲁盖尔少量的布面油画作品之一。五位盲人一个搭着一个，敲打着地面向前走。当他们的向导——也是一位盲人——正跌进水沟的瞬间，勃鲁盖尔捕捉到了他们的动作。看起来即将发生的灾难就要让他们全军覆没，但目前他们中的多数人的脚还在地上。勃鲁盖尔曾在《弗兰芒谚语》中描述了一个相似的队列，就在地平线上。正所谓，'当盲人领导盲人，他们就会倒下'。这是对虚假顾问和不可靠领导人的一个警告。这个基本的释义当然也适用于《盲人的寓言》"[6]沃日恩格尔所谓的警告或者警示，的确

6　[德]沃日恩格尔，《勃鲁盖尔》，徐颀译，北京出版集团公司，北京美术摄影出版社，2015 年，104 页。

是这则寓言的基本意义。但还有普遍意义的哲学解释，即，"从早期的描画上转移出来，勃鲁盖尔在这里将盲人的数量从两个增加到六个。更长的队列意味着'一支无尽的队伍'，作为一种警告提示盲目的人性。然而，这也表明勃鲁盖尔对于人物盲目性的刻画是多么的生动。"[7]盲目的人性也是油画表达的主题之一。盲与看不见相关，看不见即盲视，对此，哲学家福柯、德里达和德勒兹等人有过论述。

意大利学者威廉姆·德洛·鲁索指出："1928 年捷克艺术史马克斯·德沃夏克（Max Dvorak）将注意力放在这幅画创新的一面：'……其奇特的一面在于这样一个事实，如此无足轻重的事件、无足轻重的英雄，成为其观看世界的焦点。'德沃夏克认为，这幅画同时代表着无人可摆脱的命运，所有人都盲目地服从——关于宿命论的观点。这幅画基于圣经中的一段：'若盲人引领盲人，都将跌入沟中'（《马修福音》15:14，《路德福音》6:39）。勃鲁盖尔以卓绝的构图天赋，将这个寓言诠释为令人印象深刻的动作序列，让人想起现代的电影技巧。一切主旨在加剧这个情景的危机感：抓着彼此拐杖的盲人们步履不稳、前方人突然的跌倒以及横亘在面前的沟渠，让全体跌到无法避免。跌倒的盲人面对观众，显露出羞赧的表情，形成画面的情感焦点。色彩规划基于紫色、灰色、绿色的黯淡光影，十分罕见。从绘画技巧的角度来看，在画布上使用蛋彩，在勃鲁盖尔的作品中也是个例外。背景中的教堂被置于危险失衡的'中枢线'上。教堂独立而坚固屹立，它作为精神真理的来源，却无法避免灾难的发生。"[8]这段引文既有对画作寓意的解读，又有绘画技法的分析。

由《圣经》中的一段对话或者尼德兰的民间谚语，经布鲁盖尔的图像化变成了一幅油画，而这幅油画又经威廉斯的书写转换成了一首诗。盲眼隐喻为盲见，盲见叠加，盲人引导盲人，是一种双重盲见。德国学者沃日恩格尔指出："'问道于盲，无益于事'是跟盲人有关的最著名的谚语。但画中这么长的一个盲人队列，在谚语（或圣经故事）中很难找到同等的比对：这是针对全人类的盲，还是图中这个团体里无信仰者的盲？画中的盲人是勃鲁盖尔晚期独立不朽风格的最令人赞叹的一个证明。盲人的队列正在倒下，向前

7　［德］沃日恩格尔，《勃鲁盖尔》，124 页。

8　［意大利］威廉姆·德洛·鲁索，《勃鲁盖尔》，姜亦朋译，北京时代华文书局，2015 年，118 页。

推和向后拉一起构成了一个独特的前后摇摆的动作：中间的三个人紧挨在一起，伸出了胳膊搭在前面的肩膀上。另一只胳膊的肩膀又被别人抓住，给这处场景又增添了难度。"[9]勃鲁盖尔似乎倾向于表现生理缺陷的底层群体，诸如盲人跛子等残障人士。勃鲁盖尔所画的瘸子和残疾人都极其精确，人们根据画面就能判断出这些人所患的疾病的医学依据。如，在《狂欢节和封斋期之争》（1559 年，维也纳，艺术史博物馆藏）这幅画里，狂欢队伍中，有个人的肚子鼓起，双腿细弱，这种病态在医学专家看来，可能是患肝硬化症。据说，油画《盲人的寓言》刻画出出五种不同的失明症状。例如，其中一人在角膜上有一层白点状的角膜翳——医学上称之为角膜白斑。另一个瞎子抬头望着天，医学术语叫眼球萎缩症。第三个瞎子露出摘除掉眼球的眼眶。他的油画《跛子》刻画的是肢体重度残疾人士——跛子。

彼得·勃鲁盖尔，《跛子》，木板油画，18.5cm×21.5cm，1568 年。

9　［德］沃日恩格尔，《勃鲁盖尔》，104 页。

　　油画《跛子》与《盲人的寓言》一样都属于对残疾人的刻画。看不见与无法站立都有先天或后天所致，从审美的角度说，这样的题材毫无美感，但却是真实的图景。油画《跛子》的背景是一座救济院或修道院，如同废墟一般充满了荒芜感。五个挂着木短棒的下肢重度残疾人几乎是背靠背围拢在一起，如果说，《盲人的寓言》盲人排成一行，呈线性姿态的话，那么，《跛子》则是残疾人聚合呈圆形姿态。画的右上角一位身披黑斗篷，戴着帽子，手持盘子的老妇在墙的一角。瘸子们扭曲残疾的肢体，呆傻夸张的表情，奇怪的装扮——纸帽子、白色的马甲上粘贴的红狐狸尾巴，可怜又滑稽，哭与笑、悲与喜就这样奇妙的组合在一起。意大利学者戴维·比安科指出："有一句佛兰芒谚语这样说道：'谎言像跛子一样拄着拐杖行走'作为谎言和虚伪的象征，画家所描绘的跛子直白而生动地扮演了当时伪善的社会中那些表里不一的人们。"[10]这样看来，勃鲁盖尔的《跛子》与《盲人的寓言》一样都是具有寓言性和象征意义的油画。但也有学者认为，《跛子》描绘的是狂欢节的场景。这是 16 世纪欧洲低地地区流行的节日，每年一月六日"三王来朝节"之后的星期一举行。这一天，乞丐们都要"盛装"打扮，去街市上游行乞讨。如果真的是跛子们组团参加狂欢节，那么这幅油画就有了隐喻的意义。因为它解构了社会秩序的等级关系，具有狂欢节的节日意味。因此，在某种意义上可以说，勃鲁盖尔即是"绘画中的拉伯雷"。

　　威廉·卡洛斯·威廉斯的诗歌《盲人的寓言》有两个版本：《哈德逊评论》和新方向版。《勃鲁盖尔的绘画》系列诗最初于 1960 年春刊登在《哈德逊评论》（The Hudson Review）第 13 卷第 1 期，两年之后，即 1962 年，被收录于由新方向出版公司（New Directions Publishing Corporation）出版的威廉斯的最后一部诗集《勃鲁盖尔的绘画和其它诗》（Pictures from Brueghel and Other Poems）中。本文依据的是新方向版的威廉斯的诗作《盲人的寓言》（The parable of the Blind）。全诗如下：

> This horrible but superb painting
>
> the parable of the blind
>
> without a red
>
> in the composition shows a group
>
> of beggars leading

10　［意］戴维·比安科，《勃鲁盖尔》，郭晶译，安徽美术出版社，2019 年，141 页。

each other diagonally downward

across the canvas

from one side

to stumble finally into a bog

where the picture

and the composition ends back

of which no seeing man

is represented the unshaven

features of the des_

titute with their few

pitiful possessions a basin

to wash in a peasant

cottage is seen and a church spire

the faces are raised

as toward the light

there is no detail extraneous

to the composition one

follows the others stick in

hand triumphant to disaster [11]

盲人的寓言

这幅可怕而又超凡的油画

盲人的寓言

没有一点红色

构图中展示了一群

领头的乞丐

彼此呈对角下行

画布上

盲人们从一边

最后跌进坑里

11　Williams, William Carlos, Pictures From Brueghel and Other Poems (New York: New Directions Publishing Corporation, 1962): 11.

这幅画

构图从头到尾

没有一个能看见的人

胡子拉碴

特征明显

一贫如洗

一无所有

如在一洼水池里洗澡

农舍和教堂尖顶

抬起头

面向光

没有多余的细节

图画里

一个牵着一个的手

走向胜利的灾难

　　威廉斯的诗《盲人的寓言》是一首"修辞式的读画诗"，它读出或者描绘了勃鲁盖尔的同名油画列队走向险境的瞬间场景。视觉文化理论家尼古拉斯·米尔佐夫指出："无法出声的画家所达到的成就就好比一个盲人在失去某些感官能力的情况下创造出了一个可感知的世界。因为，正如视觉再现必然内含一个盲视的时刻，它所创造出的图像也必然是无声的。"[12]米尔佐夫用类比的方式说明了绘画的无声与盲人的不可见的相似性以及图像之所以无声的原理。

12　［美］尼古拉斯·米尔佐夫，《身体图景：艺术、现代性与理想形体》，萧易译，重庆大学出版社，2018年，62页。

第十章 辛波斯卡的"读画诗"

　　1996 年诺贝尔文学奖获得者波兰女诗人维斯瓦娃·希姆博尔斯卡又译维斯瓦娃·辛波斯卡（Wislawa Szymborska, 1923-2012），是一位喜爱将绘画写进诗歌的著名诗人。如，她曾以《鲁本斯的女人》为题，把 16 世纪与 17 世纪佛兰德斯画家鲁本斯（Peter Paul Rubens, 1577-1644）油画的女性作了整体描绘。诗中称鲁本斯笔下的女人为"女巨人，雌性的动物"[1]，说她们"衣服一脱便会增胖一倍。／姿势猛地一变增加二倍，／你们真是爱情的油腻菜肴！"[2]诗人虽未指明她描述的画家鲁本斯的哪一幅画，但却抓住了鲁本斯油画女人肥胖丰腴特点，并概括说道，"因为就连天空也是鼓胀凸起的，／鼓胀凸起的天使，鼓胀凸起的神——"[3]。在辛波斯卡另一首名为《风景画》的诗中，虽未指明画家身份，但对其画作做了精彩描绘。[4]此外，辛波斯卡还有一首描述插画的诗《中世纪插画》[5]。她写作的这类"读画诗"中大约有三首最为著名：一是根据 16 世纪尼德兰画家彼得·勃鲁盖尔的油画《两只猴子》创作的诗歌《勃鲁盖尔的两只猴子》；二是根据 17 世纪荷兰画家维梅尔的油画《倒牛奶的女仆》写作的诗歌《维梅尔》；三是依据 19 世纪日本浮世绘画家歌川广重的《雨中的大桥》写成的诗歌《桥上的人们》。之所以著名是因为

1　［波］维斯瓦娃·希姆博尔斯卡，《希姆博尔斯卡诗集Ⅰ》，林洪亮译，东方出版社，2019 年，174 页。
2　《希姆博尔斯卡诗集Ⅰ》，175 页。
3　《希姆博尔斯卡诗集Ⅰ》，175 页。
4　《希姆博尔斯卡诗集Ⅰ》，211-213 页。
5　《希姆博尔斯卡诗集Ⅰ》，360-362 页。

辛波斯卡的诗是对上述三位具有世界影响的画家油画的描绘解读。以下对这三首读画诗做解读分析。

一、《勃鲁盖尔的两只猴子》——梦与考试

彼得·勃鲁盖尔，《两只戴枷锁的猴子》，1562 年，橡木板油画，23cm×20cm，德国柏林国家博物馆。

　　彼得·勃鲁盖尔（Pieter Bruegel the Elder）这幅《两只猴子》（The Two Chained Monkeys）仅有 23 厘米×20 厘米大小，是他所有绘画中尺幅最小的作品之一。同时，也是他最具争议的作品之一。画中两只猴子坐在一个拱形的壁龛内，被枷锁拴在一起。它们俩一个蜷缩着，眼睛盯着地面；另一个则直勾勾地望着观众。地上还散落着几个果壳碎片。壁龛外面是一片开阔的风景，淡蓝色的天空下，安特卫普市的一个繁忙的码头被蒙在一层淡淡的雾气之中。在西方艺术作品中，猴子的形象通常是负面的，引发了许多有关道德的、甚至是不相容的多种解释，比如欲望与好色，贪婪与吝啬，或者其他各

种邪恶的化身。勃鲁盖尔这幅油画的灵感很有可能来源于哥特式绘画的巅峰之作——意大利艺术家达·法布里亚诺的《东方三博士的崇拜》。在这幅作品中，两只猴子被拴在中央的拱形之下。在《东方三博士的崇拜》中，猴子象征了人类与生俱来的腐败与堕落。《两只猴子》中，勃鲁盖尔剥离了华丽的黄金装饰，单独表现两只猴子。有人说，画中的两只猴子象征着"愚蠢的罪人"，左边的猴子代表了贪婪，右边的猴子则是挥霍的象征。

意大利学者威廉姆·德洛·鲁索曾对油画《两只猴子》做过描述，他说："勃鲁盖尔最小的一幅作品描画了两只被锁在塔中深窗处的长尾猴。画中上了铁链的长尾猴正在吃坚果。它们几乎占据了小窗所有空隙，让人不禁联想到监狱的窗户。而猴子也许代表着对政治含蓄的批评。但我们并没有可靠的文字依据，虽然在勃鲁盖尔《疯狂的梅洛》和版画《沉睡的商贩》中也描画了猴子，但还是不能作为一个明确的证据证明画中猴子的隐喻。外面的景色落到了安特卫普最重要的码头舍尔特河上，尽管这几乎不可能。因为图中可爱的小动物身后的牢窗状框架只能在形式上或内容上与这座城市 1560 至 1567年间的批评潮相连接。在这段时期中，经济衰退，庄稼无收，圣像破坏运动风行，宗教裁判所越来越不满于对其有增无减的束缚。"[6]鲁索的言下之意是，勃鲁盖尔的油画《两只猴子》具有讽喻性，意在批评当时不尽如人意的社会现实。

除此之外，鲁索还解读出勃鲁盖尔与安特卫普这座港口城市的关系。他说："勃鲁盖尔创作了《两只猴子》，它拥有非常个人的意识和一种诗意的亲密感，远离了地狱想象的恐怖。在《两只猴子》的小尺幅间（仅 20cm×23cm），画面的背景是安特卫普，勃鲁盖尔似乎有意识巩固他与即将离开的城市之间的联系。"[7]如果从油画中刻画的两只戴枷锁的猴子形象看，作为人的同类，它被禁锢失去自由的处境，恐怕喻示了人类的生存境遇。

猴子与西方文学艺术很早就有关联。鲁索追溯了这种渊源并指出："这幅画作（勃鲁盖尔的《两只猴子》——笔者注）是否受到丢勒的版画《处女与带猴子的儿童》（1500 年）的启发，尚存争议。不管怎样，勃鲁盖尔将动物变成了这谜一般的画面主题，这也在传统的画像学中出现过。老普里尼曾描述

6　[意] 威廉姆·德洛·鲁索，《勃鲁盖尔》，姜亦朋译，北京时代华文书局，2015年，130 页。

7　[意] 威廉姆·德洛·鲁索，《勃鲁盖尔》，22-23 页。

过猴子的特点，声称它的面部特征与人类相似，并乐于模仿人类。在中世纪的动物寓言集中，猴子经常和邪恶与罪联系在一起，是人类低等本能的象征，它们的滑稽可笑举动代表着人类的愚蠢和轻浮。几乎可以肯定的是，这也是16世纪尼德兰文化中的盛行观点。"[8]可见，在16世纪尼德兰的文化中猴子成为人类缺陷的象征。

维斯瓦娃·辛波斯卡的诗《勃鲁盖尔的两只猴子》，全诗如下：

> 我梦见我的中学毕业考试：
> 两只被锁住的猴子坐在窗台上。
> 窗外，天空在飞翔，
> 大海在翻腾。
> 我正在考人类史
> 结结巴巴，含糊其辞。
> 一只猴子瞪着我，嘲讽地听着，
> 另一只猴子像是在打盹儿——
> 可是当提问后出现沉默时，
> 它却在向我提示，
> 用锁链发出轻微的声响。[9]

关于猴子，除这首诗外，辛波斯卡还写过《猴子》、《眼镜猴》等诗。例如，她在《猴子》一诗中写道："在欧洲它被剥夺了灵魂，/只是不经意地保存了两只手。/一个僧侣要画一幅圣像，/却给它添加了一双猴的瘦臂膀。/这位女圣像不得不像乞求那样/去获取干果。/温暖如婴儿，抖动如老人，/它被大船从海外运到了王宫。/被金色的链条锁住不停地叫喊蹦跳，/身着鹦鹉色彩的侯爵外衣。/卡珊德拉，你为什么发笑？"[10]《猴子》这首诗交代了欧洲猴子的来源以及猴子如何被描述和被看成是一个滑稽的形象。诗中提及的卡珊德拉（Cassandra）又译卡桑德拉，是诗人用的典故。卡珊德拉"是希腊神话传说中的女预言者，特洛伊王普里阿摩斯与赫库芭之女的公主，相传，卡桑德拉生得娟秀俊美，阿波罗为之动情，欣然授以预言之术。阿波罗向卡桑德拉求爱，遭到拒绝，盛怒之下施以报复，使卡桑德拉之预言永不为

8　威廉姆·德洛·鲁索，《勃鲁盖尔》，62页。

9　《希姆博尔斯卡诗集Ⅰ》，121页。

10　《希姆博尔斯卡诗集Ⅰ》，144页。

人所信（埃斯库罗斯：《阿伽门农》1202-1212）。……卡桑德拉随阿伽门农返回迈锡尼后，同为阿伽门农之妻克吕泰涅斯特拉所杀（《奥德修斯纪》IX 421-423）。"[11]显然，辛波斯卡把猴子与卡珊德拉类比，她们都是被损害被欺凌的对象，本应同类相惜却变成了相互嘲笑。

辛波斯卡的诗《勃鲁盖尔的两只猴子》从梦境写起，联想到中学毕业时的人类史考试，或许确有其事，或许是诗人的想象。进化论明确宣告，人类从猿到人实现转变，这就是人类的进化史。猴子岂能不知？它似乎在嘲笑人类的智慧或者故意显示愚蠢。然而，这首诗却不是进化论的宣示。辛波斯卡诗歌的译者指出："在《布鲁格的两只猴子》一诗，辛波斯卡将它们和正在接受人类学考试的人类之于平衡的位置上，透漏出她对自然万物的悲悯，认为它们在地球的处境并不比人类卑微。"[12]布鲁格即勃鲁盖尔。猴子成为一种镜像或者一面镜子，人类与猴子互相观照，看与被看，嘲笑与被嘲笑，高级与低级之间的等级关系被完全打破，变成一种平等的视角。被锁链囚禁的猴子与被动就范的规则——考试，隐喻人与猴子一样都身不由己。

辛波斯卡的诗展现了动物和人类历史某种相似性，人与动物在生存境遇和智慧上的互换所形成的反讽。W·J·T·米歇尔指出："视觉再现之语言再现被放在两个'他性'和两个（显然）不可能翻译和交换的形式之间：（1）通过描述或腹语把视觉再现转换成语言再现；（2）在读者接受时重新把语言再现转换成视觉再现。"[13]这就是说诗歌和绘画之间的转换历经两次转换。把视觉再现（绘画）转换成语言再现（诗歌），这是第一次转换；读者接受时又把语言再现（诗歌）转换视觉再现（绘画），这是第二次转换。诗人观看解读勃鲁盖尔的油画《两只猴子》并把它书写成诗歌是一次转换，读者及解读她的诗歌完成了第二次转换。与勃鲁盖尔的油画相比，辛波丝卡的读画诗《两只猴子》只是抓住猴子的动作神态，如，"一只猴子瞪着我，嘲讽地听着，"，"另一只猴子像是在打盹儿"。还有"用锁链发出轻微的声响"的声音想象再现。而猴子吃剩的坚果以及油画的背景——安特卫普港口则被省略。此诗虽然短小，但具有强烈的反讽意味。诗人从勃鲁盖尔的小幅画中解读出大历史，即人类进化史。

11 魏庆征编，《古代希腊罗马神话》，北岳文艺出版社，1999年，813页。

12 ［波］维斯瓦娃·辛波斯卡，《万物静默如谜——辛波斯卡诗选》，附录：种种荒谬与欢笑的可能——阅读辛波斯卡，195页。

13 ［美］W·J·T·米歇尔，《图像理论》，陈永国，胡文征译，北京大学出版社，2006年，151页。

二、《维梅尔》——日常生活

约翰内斯·维米尔，《倒牛奶的女仆》The Milkmaid，1658-1660 年，阿姆斯特丹国立美术馆。

维梅尔又译维米尔（Johannes Vermeer，1632-1675），是荷兰最伟大的画家之一，他的画作《倒牛奶的女仆》描绘了一个家庭女佣人。画中她正在将粗陶罐里的牛奶倒向一只陶碗。女佣人表情平静，神情专注。她淳朴的圆脸，白色的帽子，结实的身体，粗制的衣着，干练的动作令人难忘。女佣人旁边是一扇窗户，窗子上有一格玻璃破损，窗户旁边的墙上挂着一只藤篮和一盏马灯。光线透进窗子照亮了墙上挂着的铜水壶，地板下有一脚炉。绿色的桌上杂乱地摆着一些食物。屋内陈设简朴，生活气息浓厚，这幅油画应该是 17 世纪荷兰普通民众真实生活的投影。辛波斯卡的《维梅尔》，诗名虽然是画家维梅尔，但并非书写画家而是书写维梅尔著名的油画《倒牛奶的女仆》，其诗如下：

> 只要阿姆斯特丹国家博物馆里的
>
> 那个画中女人安静而又专注，
>
> 把瓶罐里的牛奶
>
> 倒进盘子里，日日如此。
>
> 那么这个世界就不会有
>
> 世界末日。[14]

　　维梅尔是诗人辛波斯卡喜爱的画家之一，她曾在一首《梦之赞》的诗的开头就说道："在梦中／我挥毫如维梅尔"[15]辛波斯卡诗《倒牛奶的女仆》有六行，仅三句，可以称为"三句诗"。诗的第一句点出了这幅画收藏的地点——阿姆斯特丹国家博物馆，说明诗人亲眼观赏过这幅著名的油画。诗的第二句是对这幅油画的描述，主要描述画中女仆的动作神态。第三句则是一种对日常生活现实的联想和哲学思考。简单重复，日复一日，固定作息，循规蹈矩，这就是日常生活劳作的一个场面。日常生活审美化是符合这幅画的主题的。然而，平凡孕育着伟大，日常生活的小事（倒牛奶）阻止着大事（世界末日）的发生。这个世界不会有世界末日，是因为勤劳的人们积极乐观地面对生活。因此，日复一日重复倒牛奶也是一件大事。辛波斯卡曾说："地球上的居民多半是为了生存而工作，因为不得不工作而工作。他们选择这项或那项职业，不是出于热情；生存环境才是他们选择的依据。可厌的工作，仅仅因为待遇高于它们而受到重视的工作（不管那工作有多可厌，无趣）——这对人类是最残酷无情的磨难之一，而就目前情势看来，未来似乎没有任何改变的迹象。"[16]维梅尔的油画《倒牛奶的女仆》取自日常生活的瞬间，诗人辛波斯卡从这个平常生活的瞬间发现了不寻常的意义，观赏思考上升到哲学高度。如果从这幅油画转换为诗歌的方式说，诗人通过女仆的神态动作来描述这幅画，比如，她专注安静的神情，自然娴熟的动作。

14　《希姆博尔斯卡诗集Ⅰ》，242 页。

15　《万物静默如谜——辛波斯卡诗选》，82 页。

16　维斯瓦娃·辛波斯卡，《诗人与世界——一九九六年诺贝尔文学奖演讲辞》，载《万物静默如谜——辛波斯卡诗选》，陈黎，张芬龄译，湖南文艺出版社，2016 年，Ⅴ页。

三、《桥上的人们》——东西方文化

歌川广重，《雨中的大桥》，1857 年，锦绘，日本浮世绘博物馆。

《雨中的大桥》是 18 世纪日本著名的浮世绘画家歌川广重（Utagawa Hiroshige1797-1858）画作。歌川广重又名安藤广重，他的这幅画是《名所江户百景》系列的第 58 幅，描绘的是大桥上骤雨倾泻的场景。画面右上角写有作品名字："名所江户百景"、"大桥安宅夕立"；左下角是署名："广重画"。歌川广重《雨中的大桥》定格了雨中大桥上下雨和路人奔跑的动态。尤其是巧妙地采用俯视的构图方式，在有限的空间内展现了河面的宽阔，骤雨的迅猛。生动地捕捉了在大桥上撑着雨伞、穿蓑衣奔跑的路人。他的绘画风格清丽温婉，内敛柔美。歌川广重在描绘市井平民的日常生活时，笔触间流淌着宁静与恬淡的乡愁。在构图上把透视法与日本传统手相融合法，营造多变的视觉效果。英国浮世绘研究专家杰克·希利尔指出："歌川广重更为温文尔雅，他的画面中那些人物元素在前景中突显，通常会让西方人感到自己正处在一片与他们共同沐浴着雨水和月光的土地上。西方人会有这样的同感，不仅因为他的艺术造诣，还因为尽管实质上仍是日本的，但在一些难以名状的方面，与他的前人相比在风格和感情上与西方人更相近而在他的笔绘作品中，这种感觉更加明显。"[17]歌川广重的浮世绘之所以被西方画家所接受并受其影响，主要原因是他的绘画中有与西方绘画相近的风格元素。这种风格元素应该与浮世绘的构图有关。

辛波丝卡以日本浮世绘画家歌川广重画作，写成诗歌《桥上的人们》如下：

奇怪的星球，上面住着奇怪的人们。

他们屈从于时间，但又不愿意承认，

他们有表达他们反对的种种方式，

他们画些小画，例如下面这幅画：

初看一眼，并无特别之处。

你看见了河水，

你看见了河岸，

你看见一条小船吃力地逆流而上，

你看见水上有桥，桥上有许多行人。

他们显然在加快脚步，

因为大片的乌云中

倾盆大雨刚开始落下。

问题是，接下去什么也没有发生。

乌云没有改变它的颜色或形状，

雨也没下的更猛烈，但也没停止，

小船一动不动地地漂浮着。

桥上的人们

还像片刻之前那样奔跑。

很难在这不做一翻评论：

这完全不是一幅天真的画。

在这儿，时间被阻止了，

时间法则已被忽视，

它对事件发展的影响力已被消除，

17　［英］杰克希利尔，《浮世绘》，温嘉宝译，湖南美术出版社，2017年，120页。

它受到侮辱和唾弃。

幸亏有一位叛逆者，

他就是

一个歌川广重

（这个人，

早已规规矩矩地死去了），

时间被绊了一跤，摔倒了。

也许这是一个毫无意义的恶作剧，

一种只包括两个星系的怪诞举止，

但是我们还应加上下面几句话。

这里的人都一致认为，

应该高度评价这幅小画，

让一代一代的人欣赏它，并为之感动。

但是有些人却认为这评价不高，

他们甚至听到了大雨的哗哗声，

感受到脖子上和肩背上的冷雨袭人，

他们注视着桥和桥上的人们，

仿佛看到自己也在他们中间，

也在那场奔跑不息的奔跑中，

沿着一条无穷无尽的道路，

一直要奔跑到永恒。

而且他们竟然傲慢地相信

事情真的就是这样。[18]

辛波斯卡的诗《桥上的人们》出自她的同名诗集《桥上的人们》（1986 年），这首诗中她把歌川广重雨中的"大桥"转换为大桥上的"人们"，诗歌主题产生迁移。实际上，歌川的浮世绘《雨中的大桥》，虽然大桥是风景的中心，但表现的却是"大雨"。尤其是像丝线和门帘一样的细雨，令人印象深刻。诗歌的前三节是对歌川的浮世绘《雨中的大桥》由远及近地描述，从河水——

18　［波］维斯瓦娃·希姆博尔斯卡，《希姆博尔斯卡诗集Ⅱ》林洪亮译，东方出版社，2019 年，56-58 页。

河岸—小船—大桥—人们，这种类似电影镜头的语言描述，从远景拉伸到中景再到近景。后三节诗更像是艺术评论。对于歌川的浮世绘《雨中的大桥》有两种不同的截然相反的评价，高度赞赏与评价不高共存。当然也反映出西方人对日本绘画艺术的误读，也反映出东西方艺术观念甚至是时空文化观念的差异。辛波斯卡诗歌的译者指出："在《桥上的人们》中，她以日本浮世绘画家歌川广重的版画《骤雨中的箸桥》为本，探讨艺术家企图用画笔拦截时间，摆脱时间束缚的用心。"[19]图像学理论家 W·J·T·米歇尔指出："视觉再现之语言再现的诗歌对视觉艺术作品说话、为它们说话和评论它们的方式也就是一般文本谈论其他事物的方式。"[20]米歇尔所谓的"视觉再现之语言再现的诗歌"，即是"读画诗"。辛波斯卡用诗歌的语言谈论绘画也是绘画转换为诗歌的方式之一。歌川的浮世绘《雨中的大桥》能进入到辛波斯卡的诗歌说明她学识渊博，视野开阔，对待不同文化的宽容态度。

荷兰画家梵高曾采用原画比例仿作的《雨中的大桥》，画面四周还写有汉字。他不仅精心临摹了《雨中的大桥》、《龟户梅屋铺》等作品，还从歌川广重的《宫》等浮世绘的构图以及《阿波鸣门之风波》中动感的浪花和旋转的漩涡中的细节汲取创作灵感。杰克·希利尔在论及浮世绘对西方绘画的影响时说："人物画和风景画在创作领域的成就中，他们对细节的牺牲和对自然形态的大胆综合、他们为设计而采用的不同寻常的角度或视角，对今天的我们来说可能没什么新奇。但是，其对于 19 世纪欧洲艺术的影响和作用怎么强调都不为过。在那个世纪中，欧洲艺术家的艺术观念从被自然束缚发展为以自然为基础，打破了重现事物外表的法则，这种发展间接源于对东方的学习。德加（Degas）、马奈（Manet）、高更（Gauguin）、凡·高（Van Gogh）、图卢兹·老特累克（Toulouse Lautrec）、博纳尔（Bonnard）、比亚兹莱（Beardsley）和海报设计者伯格斯塔夫兄弟（Beggarstaff Brothers）——随口能说出许多艺术家，他们全都在创作的某个阶段受到了日本彩色版画艺术家的影响。"[21]东西方绘画艺术因其理念各不相同，风格自然各异。歌川广重的浮世绘更注重写意，梵高更关注写实。

19　《万物静默如谜——辛波斯卡诗选》，附录：种种荒谬与欢笑的可能——阅读辛波斯卡，205 页。

20　《图像理论》，146 页。

21　《浮世绘》，126 页。

左：歌川广重《龟户梅屋铺》，右：梵高临摹作品。

Vincent van Gogh,Japonaiserie: Flowering Plum Tree, (after Hiroshige), 1887,Oil on canvas.

左：歌川广重，《雨中的大桥》（1857年）；右：梵高临摹，1887年。

以上两组歌川的原作与梵高临摹画对比，梵高模仿歌川广重浮世绘痕迹十分明显。以色彩而论，歌川广重的《雨中的大桥》恬淡素雅，梵高临摹的色彩比歌川更为浓厚艳丽。

综上所述，辛波斯卡的三首读画诗分别选择了不同时代不同国家的三位世界著名画家的画作：勃鲁盖尔的《两只猴子》、维梅尔的《倒牛奶的女仆》和歌川广重的《雨中的大桥》。虽然这三位画家的画作题材不同，风格各异。动物、人物肖像和风景，几乎涵盖了自然界的一切。但是辛波斯卡在写作读画诗时，总是根据自己对画作的解读，由画作产生联想想象，并将主观观感上升到哲理性的思考，而非像其他的读画诗一样，仅是对绘画做诗意的描述。除《桥上的人们》这首诗篇幅稍长之外，其他两首诗极为短小，高度精炼。辛波斯卡的读画诗可称之为"解读式的读画诗"，它不刻意追求对绘画做精细地描述，而是根据自己对绘画作品的理解做理性思考。

第十一章 "维纳斯的诞生"从艺术到诗歌

　　维纳斯（Venus）是希腊神话中爱与美的女神阿芙洛狄特（希腊语：Ἀφροδίτη、英语:Aphrodite）的罗马称谓。古典时期维纳斯备受崇拜，此后不断有诗人艺术家赞颂书写这位女神。托名荷马的颂神诗有：《德墨忒耳颂歌》《阿波罗颂歌》《赫尔墨斯颂歌》《阿佛洛狄忒颂歌》。其中《阿芙洛狄特颂诗》应是最早赞颂女神阿芙洛狄特的文献之一，此诗的开头这样描述她：

> Hymn to Aphrodite
>
> Golden crowned,beautiful
>
> awesome Aphrodite
>
> is who I shall sing
>
> she who possesses the heights
>
> of all
>
> sea-wet Cyprus
>
> where Zephyros swept her
>
> with his moist breath
>
> over the waves
>
> of the roaring sea
>
> in soft foam.[1]

1　Anne Baring and Jules Cashford, The Myth Of The Goddess:Evolution of an image, Published in penguin Books.1993.p.69.

> 阿佛洛狄忒颂诗
>
> 金色加冕的，美丽的
>
> 令人惊异的阿佛洛狄忒
>
> 我要唱给谁听？
>
> 她拥有所有的高山
>
> 海水潮湿的塞浦路斯
>
> 西风神泽费罗斯把她吹到哪里去了
>
> 用他湿润的呼吸
>
> 在咆哮的大海
>
> 在柔软的泡沫。

《荷马阿芙洛狄特颂诗》有各种不同的版本，如，另一首《献给阿芙洛狄特颂诗》的开头却这样赞颂：

> Sing to me, O Muse, of the works of golden Aphrodite,
>
> The Cyprian, who stirs sweet longing in gods
>
> And subdues the races of mortal men as well as
>
> The birds that swoop from the sky and all the beasts[2]
>
> 缪斯啊！请为我歌唱，金色的阿芙洛狄特的歌，
>
> 塞浦路斯人，谁在众神心中激起甜蜜的渴望
>
> 并征服了人类的种族
>
> 天上的飞鸟和地上所有的走兽

罗马诗人卢克莱修的《物性论》中有赞美维纳斯的诗句："埃涅阿斯族人的母亲噢，人们和神们的欢乐，养育［万物］的维纳斯！"[3]诗人不仅把维纳斯说成是罗马的祖先，而且也提及维纳斯的诞生，如：

> 女神噢，天空的风从你面前逃逸，天空的
>
> 云从你面前飞走，回避你
>
> 和你的到来；为了你，诡秘多彩的大地
>
> 涌现甜蜜的花朵，为了你，海洋的表面泛
>
> 起微笑，

---

2 Homeric Hymns. second edition. Translation Introduction, and Notes By Apostolos N. Athanassakis. The Jons Hopkins University Press. 2004. p.42.

3 转引自李致远，《〈物性论〉开篇绎读》，《国外文学》，2012年，第1期，75页。

宁静的天宇也散发灿烂的光芒。[4]

据赫西俄德的《神谱》记载,阿芙洛狄忒"由于她是在浪花('阿佛洛斯')诞生的,故诸神和人类称她阿佛洛狄忒(即'浪花中所生的女神'或'库忒拉的花冠女神')……又因为是从男性生殖器产生的,故又名'爱阴茎的'"[5]也有学者指出:"根据流传最广的神话传说,她是宙斯和大洋女神之一狄俄涅的女儿。一说她是从大海浪花里出生的,由此得一别名阿娜狄俄墨涅(意思是出水的)"[6]阿佛洛狄忒是宙斯和大洋女神之一狄俄涅的女儿说法,在希腊的《荷马史诗》《伊利亚特》中得以印证,史诗《伊利亚特》中说:"神圣的阿佛罗狄特倒在她的母亲狄奥涅的膝头上面"[7]虽然《神谱》中叙写了维纳斯从浪花中诞生而来,但是在后世的造型艺术中她常以半裸或全裸的形象出现,显然,这大概是受到了希腊"断臂的维纳斯",即米洛的维纳斯的影响。

古希腊的女诗人萨福(Sappho,约公元前 612-?)生活在大约公元前 7 到前 6 世纪之间。她也曾写过《致阿佛罗狄忒》的诗作,全诗如下:

> 不朽的、心意斑斓的阿佛洛狄特,
>
> 宙斯的女儿,你扭曲了一千竖琴——
>
> 我祈求你,不要用强劲的疼痛,
>
> 女神啊,粉碎我的心;
>
> 请你降临我,正如
>
> 曾经一度
>
> 你听到我来自远方的呼唤,
>
> 遂离开了你的父亲的金屋,
>
> 乘坐群鸟所驾的金根车
>
> 来到我身边——那是黑色丘陇上
>
> 飞起的瓦雀,在半空中
>
> 呼啦啦地拍打着它们的翅膀——

4　转引自李致远,《〈物性论〉开篇绎读》,《国外文学》,77 页。

5　[古希腊]赫西俄德,《工作与时日　神谱》,张竹明、蒋平译,商务印书馆,1996年,32 页。

6　《工作与时日　神谱》,32 页。

7　[古希腊]荷马,《伊利亚特》,罗念生、王焕生译,人民文学出版社,1997年,124 页。

而你啊，福佑的女神，

你不朽的容颜带着微笑，

问我是什么样的烦恼，如今又一次

困扰你，为什么你如今又一次呼唤我的名字，

你痴狂的心，到底最想要什么？

我该（如今，又一次！）去劝导什么人

接受你的爱情？什么人，

萨福啊，给了你这样的痛苦？

如果现在逃避，很快她将追逐；

如果现在拒绝，很快她将施予；

如果现在没有爱，爱很快就会流溢——

哪怕是违反着她自己的心意。

降临我，爱的女神：解除

这份强劲的重负；成就我全心

所渴望的成就；你

且来做我的同谋！[8]

萨福的这首《致阿佛罗狄忒》是她的遗诗中唯一完整的一篇。这首诗的编译者田晓菲女士引用了安·卡尔森关于这首诗的笺注：“‘如今，又一次’的反复使用在这首诗中的重要性。‘如今’强调某一事件的即时性：‘现在，正在发生’；而‘又一次’强调事件的重复性。放在一起，它们突出了神（‘不朽的’）与人（生命短暂的）看待恋爱生活的不同视角：‘萨福陷在此时此刻的痛苦中不能自拔，阿佛洛狄特则平静地审视着以‘又一次’编织而成的较大图案。’”[9]应该说，安·卡尔森的判断和解读是精准的，这首并非单纯的赞美爱神阿佛罗狄忒，而是表达爱的祈求与哲思。

古罗马诗人贺拉斯曾写过《致维纳斯》的诗作：

维纳斯，克里多斯和帕珀斯的女王，

别留恋塞浦路斯，求你降临

---

8 田晓菲编译，《“萨福”：一个欧美文学传统的生成》，北京：生活读书新知三联书店 2019 年，35-36 页。

9 《“萨福”：一个欧美文学传统的生成》，37 页，页下注。

这美丽的神祠，格吕克拉用乳香

唤着你的名。

让你热切的儿子、解开腰带的

美惠神、水泽仙女全都跟随你，

也带上青春神（没有你她就没有光泽）

以及墨丘利。[10]

　　贺拉斯的诗歌《致维纳斯》是对维纳斯的祈求和赞美。称维纳斯为两座城市的"女王"，希望众神拥戴的爱神降临诗人所在的城市。希腊第一件以全裸而著称的维纳斯雕像即是《克尼多斯维纳斯》（下图），它再现了爱神维纳斯入浴的瞬间，她身材丰润而挺拔，健美而迷人。据说，这尊裸体维纳斯是普拉克西特列斯依照自己钟爱的情人伊留娜的形象雕刻而成。古罗马学者普林尼记载说，普拉克西特列斯曾为科斯城雕刻两尊维纳斯像，一尊着衣，另外一尊为裸体。科斯城拒收裸体的而选择了着衣的维纳斯，而克尼多斯城选择了全裸体维纳斯，并由此而闻名。贺拉斯的诗歌《致维纳斯》是否依据普拉克西特列斯的雕像《克尼多斯维纳斯》创作而成，已不得而知。

［古希腊］普拉克西特列斯，《克尼多斯维纳斯》，公元前 350-前 340 年。

10　［古罗马］贺拉斯，《贺拉斯诗全集》（上），李永毅译，中国青年出版社，2017 年，第 75 页。

英国艺术史学者肯尼斯·克拉克曾清理式研究了维纳斯的形象史，他指出："在希腊没有一件女性裸像雕像被确定是公元前 6 世纪的。在前 5 世纪也是非常稀少的。这一情况既有宗教原因也有社会原因。阿波罗赤裸是它显示神圣威力的一部分，但阿佛洛狄忒必须裹在袍子里。关于她从海中升起或来自塞浦路斯的神话故事证明了一个真理，即裸体的维纳斯是一个东方的概念。当她第一次出现在希腊艺术时，她清楚地显示了她的出身。这是慕尼黑的一个铜镜上的人像手柄，它像埃及雕像一样挺拔和苗条，但没有关于将要构成古典维纳斯的曲线体系的任何暗示。甚至在公元前 4 世纪时，裸体的维纳斯是令人尴尬地与东方崇拜宗教联系在一起的。"[11]克拉克认为，裸体的维纳斯是一个东方的概念，希腊的阿佛洛狄忒是全身裹衣的。不仅裸体维纳斯与东方宗教相关，而且希腊最著名的神话之一——维纳斯和阿多尼斯的神话中的牧羊少年阿多尼斯也来自东方。十七世纪英国著名作曲家约翰·布洛约 1682 年为英国查理二世（King Charles II）创作的三幕歌剧《维纳斯和阿多尼斯》（Venus and Adonis）和莎士比亚的著名的长诗《维纳斯和阿多尼斯》（Venus and Adonis）都出自罗马诗人奥维德的《变形记》。后世的艺术家除了重述改写维纳斯和阿多尼斯的神话外，格外热衷于再现"维纳斯的诞生"的神话主题。图像资料也表明，公元 1 世纪庞贝古城的壁画《维纳斯的诞生》应该是最早的以"维纳斯的诞生"为题材的视觉图像艺术之一。只不过壁画中的维纳斯浑身赤裸半躺在贝壳之中，肢体僵硬，表情严肃，两位小天使站在她的两边，壁画色彩相对单一，以蓝色为背景，喻示大海，紫色贝壳，突出维纳斯。

图片来自《米花米缸》微信公众号。公元 1 世纪，庞贝古城的壁画《维纳斯的诞生》。

11 ［英］肯尼斯·克拉克，《裸体艺术——理想形式的研究》，吴玫，宁延明译，中国青年出版社，1988 年，第 56 页。

　　西方绘画史上众多画家以女神维纳斯为题材创作了画作，主要再现两种主题——爱情与诞生，即：一是维纳斯与阿多尼斯的爱情；二是维纳斯的诞生。如，文艺复兴时期意大利画家提香·韦切利奥（Tiziano Vecellio）、法国画家那西斯·维吉勒·迪亚兹（Narcisse Virgile Diaz de la Pena）、荷兰画家鲁本斯（Peter Paul Rubens）、荷兰画家巴托罗美奥·斯普朗格（Bartholomeus Spranger）等都有《维纳斯和阿多尼斯》（Venus and Adonis）同名画作。而以"维纳斯的诞生"为主题的绘画就有：十五世纪世纪末意大利佛罗伦萨的著名画家桑德罗·波提切利（Sandro Botticelli；Alessandro Filipepi）创作了名画《维纳斯的诞生》，文艺复兴时期佛罗伦萨画家提香于 1520 年创作了油画《维纳斯的诞生》，十八世纪法国画家法国弗朗索瓦·布歇（Francois Boucher，1703-1770）于 1704 年创作了油画《维纳斯的诞生》十九世纪法国新古典主义画家安格尔于 1848 年创作了《维纳斯的诞生》，同一时期法国学院派画家威廉·阿道夫·布格罗（William Adolphe bouguereau）于 1879 年创作了《维纳斯的诞生》（naissance de venus，The Birth of Venus），亚历山大·卡巴内尔（Alexandre Cabanel，1823-1889）于 1863 年创作了油画《维纳斯的诞生》；二十世纪比利时超现主义画家保罗·德尔沃（Paul Delvaux，1897-1994）于 1937 年创作了《维纳斯的诞生》等。西方诗歌史上从罗马诗人奥维德的《变形纪》开始，历经莎士比亚，奥地利诗人里尔克依据波提切利的油画《维纳斯的诞生》创作了同名诗歌《维纳斯诞生》，美国诗人华莱士·史蒂文斯的诗歌《微不足道的裸体开始一次春天航行》也是根据波提切利的油画《维纳斯的诞生》写作的；英国诗人阿尔弗雷德·诺伊斯（Alfred Noyes）依据希腊雕塑"断臂的维纳斯"创作了诗歌《米洛的维纳斯》。有关"维纳斯的诞生"的诗歌与绘画不仅存在着互文性关系，而且它们之间还存在着互动转换的关系。以下对以"维纳斯的诞生"和"断臂的维纳斯"为题材的艺术文本的互文性做分析探讨，并考察它们的主题史以及同一主题诗画之间的互动转换。

　　《米洛岛的维纳斯》也被称为《米洛斯岛的阿弗洛狄忒》（Venus de Milo）（1820 年雕像出土于一个叫米罗的岛上），是法国巴黎卢浮宫内的镇馆之宝之一。1820 年春天希腊米洛农民伊奥尔科斯刨地时掘获的。由于这尊雕塑作品在希腊小岛上被发现的时候就没有双臂，故其又被称为断臂维纳斯。出土时的维纳斯右臂下垂，手扶衣衿，左上臂伸过头，握着一只苹果。西方学者根据雕塑风格上的一些细节推断，《米洛岛的维纳斯》创作的年代大致确定在公元前 100 年左右。其舒展的曲线、极富立体感的体态和丰腴的裸体也说明该作品创作于希腊化时期（公元前323-31年）。著名艺术理论家丹纳曾说过："希腊的雕像艺术不但造出了人，最美的人，并且还造出了神明，而据所有古人的判断，那些神明是希腊雕像中的杰作。群众和艺术家除了对于受过锻炼的肉体的完美，感觉特别深刻以外，还有一种特殊的宗教情绪，一种现在已经泯灭无存的世界观，一种设想，尊敬，崇拜自然力神力的特殊方式。"[12] 雕塑《米洛岛的维纳斯》正是希腊最美的艺术品之一，她的美在于表现了人体优美的曲线，更在于它的断臂令人产生无限遐想。

图片来自网络。公元前2世纪希腊雕刻，米洛斯的阿芙罗狄忒（断臂的维纳斯），大理石圆雕，高2.04米，由阿历山德罗斯雕刻，1820年在爱琴海米洛斯岛的山洞中发现，现藏法国卢浮宫博物馆。

---

12 ［法］丹纳，《希腊的雕塑》，傅雷译，上海书画出版社，2011年，140页。

二十世纪英国诗人阿尔弗雷德·诺伊斯（Alfred Noyes，1880-1958）于 1907 年写作的诗歌《米洛的维纳斯》通过对"断臂的维纳斯"的想象，不仅展现了维纳斯的美，而且借助相关神话叙写了维纳斯的情感经历。其诗如下：

　　五月的清晨，玫瑰花含苞待放，

　　她从温暖的长袍中露出洁白身躯！

　　衣带在她向后倾的腰下，

　　束住了纷然下落的衣饰；

　　她也微曲一膝，前去稳住衣饰的滑落，

　　那可爱的面容，竟然超过了她自身的永恒！

　　无臂的双肩光彩焕发，

　　过去，这也许是在伸出双臂；

　　向着西西里亚海望眼欲穿，

　　在翘首等待着阿多尼斯！

　　啊，可爱的裸体，还未完全展示，

　　此刻滑落的衣饰将使她显现，

　　而从无什么预言会这样表现美妙的新晨：

　　胸房赤裸而明亮，就像柔软的白盾

　　结实的身躯就像是一堆洁雪，

　　来自睡梦半醒之中。[13]

　　毋容置疑，阿尔弗雷德·诺伊斯的诗歌《米洛的维纳斯》即是依据雕塑"断臂的维纳斯"写作而成的。诗中的第一句"五月的清晨，玫瑰花含苞待放"点出了时间季节，但这仅是想象性的添加，无法从雕塑识别时间季节。诗中"玫瑰"意象大概与维纳斯与阿多尼斯的神话相关。据传，阿多尼斯死后，阿芙洛狄特整天对着阿多尼斯的尸体哭泣，流出的眼泪滴落在地上长出了白玫瑰花。一天，玫瑰花上荆棘扎破了阿芙洛狄特的脚，流出来的血渗入地下白玫瑰就变成了红玫瑰。西方文化中红玫瑰象征爱情源自这一神话传说。"这也许是在伸出双臂／向着西西里亚海望眼欲穿／在翘首等待着阿多尼斯！"这几句诗是诗人套用了维纳斯与阿多尼斯的古典神话。诗中反复提及维纳斯"洁白身躯"、"像柔软的白盾"、"就像是一堆洁雪"意在赞美她

13　［英］彼得·福勒，《艺术与精神分析》，段炼译，四川美术出版社，1988 年，83-
　　84 页。

的雪白肌肤。诗中"白盾"的意象似乎表明乳房既是防御性的工具，又是诱惑性的性器。从"断臂的维纳斯"雕塑的材质看，它由大理石雕刻而成。美国艺术史学者塔贝尔（Tarbell，F.B.）在《希腊艺术史》一书中解释了希腊雕塑"断臂的维纳斯"的制作原理，他说："米洛斯的阿佛洛狄忒（Aphrodite of Melos）是由两块主要的大理石制作，接合处就在于衣饰的上方，同时，几个更小的部分是单独制作和接上去的，包括左臂。"[14]塔贝尔还认为米洛的维纳斯接近希腊雕塑的原作，他说道："这座雕像（指米洛的维纳斯）是如此重要，似乎有必要讨论一下这些学术难题；但我会尽量避免给读者造成更多困惑，或使他忘记欣赏这件优秀作品的特征。如果我们拥有斯科帕斯（Scopas）或普拉克西特利斯（Praxteles）的阿佛洛狄忒像原作，那么展现在我们面前的应该是一种更圣洁的美丽。而事实上，这正是爱神最适当的现实化身。理想化的阿佛洛狄忒像圣洁而高贵，而且和公元前 4 世纪优秀的艺术精神一脉相承；所以，这件作品的制作工艺完全称得上是希腊原作。"[15]塔贝尔提及的普拉克西特利斯是公元前 4 世纪的希腊雕塑家，他创作的著名雕像《尼多斯的阿佛洛狄忒》成为雕塑艺术的典范。《尼多斯的阿佛洛狄忒》通体全裸，双唇微张，面带微笑，右手遮住私处，左手拿着衣衫，身材健美，体态优雅。

　　十九世纪法国著名诗人阿尔蒂尔·兰波（Arthur Rimbaud，18540-1891）曾写作过一首名为《维纳斯》的诗歌，其诗如下：

> 一支古旧的浴盆像只白铁皮的绿棺材，
> 蓦然一位棕发高颧骨的女性从中露出头来，
> 他动作迟缓而且蠢笨，
> 带着人世难以补偿的缺陷和呆乖。
>
> 灰呼呼肥胖的脖颈，宽肩膀颇使人眼仄，
> 背躬了伸直了又恢复了原来的气派，
> 圆圆的腰肢犹如使气弄态，
> 肥肥的肌肤像纸页摊开。
>
> 脊椎骨有点泛红，
> 整个身躯有一点令人害怕的古怪；

14　［美］塔贝尔（Tarbell，F.B.），《希腊艺术史》，殷亚平译，上海：格致出版社，2010 年，65 页。
15　《希腊艺术史》，150 页。

四棱见方仿佛是石头一块……

腰里刻着两个字：克拉拉的维纳斯，

这个蠕动而摊开的躯壳，

还有美中不足的一个瑕疵。"[16]

国内兰波诗集有两种翻译版本，这首诗另一种翻译为：

另一种形式的维纳斯

一个抹着厚厚发蜡的棕发女人头

缓慢与愚钝地从浴缸中浮出，

仿佛从生锈的绿棺材中显露，

带着修修补补的糟糕的痕迹；

然后是灰色肥厚的脖子，宽大的肩胛突出；

粗短的背一伸一缩，一起一伏；

然后是肥胖的腰，如同飘飞起来，

皮下脂肪有如层层扁平的薄片散开。

脊柱微红，一切都散发出一股

可怕的怪味；人们发现

它的独特之处需要用放大镜来细看……

腰间刻着两个词：克拉拉的维纳斯，

——整个身体的扭动与美丽的肥臀的舒展，

都缘于肛门溃烂。[17]

兰波的这首诗写作于1870年，是首十四行诗，又译为《另一种形式的维纳斯》。德国学者朝戈·弗里德里希指出："极端的例子是十四行诗《维纳斯从海中诞生》（即《维纳斯》或《另一种形式的维纳斯》——笔者注）中的丑化。这个标题标示的是一个画一般至美的神话：阿佛洛狄忒（维纳斯）从海水泡沫中诞生。而诗中内容却与其形成了怪异的张力：从一个绿色的铁皮澡盆里站起了一个肥胖的女人身体，灰色的头发，发红的脊柱，在腰间刻着的"克拉拉·维纳斯"，以解剖般精确的手法描述出的身体部位上的烂疮。在这里可以看到对某些当时流行的诗歌（主要是帕尔纳斯派）的戏

---

16 ［法］兰波，《兰波诗歌全集》，葛雷 梁栋译，北京燕山出版社，2016年，38页。
17 ［法］兰波，《兰波作品全集》，王以培译，作家出版社，2011年，41页。

仿。但这是一种并不取乐的戏仿。这种攻击是指向神话本身的，也即是反对整个传统，反对美，是为了释放变异欲望而采取的攻击，但是着重变异的欲望——这一点是值得注意的——有具有足够的艺术性，以便能在丑中刻印出某种风格逻辑的影响力。"[18]诚如这位学者所言，兰波的诗《维纳斯》既不是维纳斯诞生的描述，也不是对爱与美的女神维纳斯的赞美。相反诗人兰波在诗中极力丑化维纳斯，把她描述为一个体态臃肿，肥胖愚钝的老妇女。这种戏仿是颠覆性的：绝大部分艺术家描绘的维纳斯年轻貌美，身姿曼妙；兰波诗中则变成了年老肥硕，丑陋溃烂。在美与丑、少女与老妇、洁净与溃烂形成强烈的反差张力。维纳斯诞生于大海，兰波却说诞生于澡盆；甚至诞生被说成"仿佛从生锈的绿棺材中显露"，有点借尸还魂，死而又生的意味。或许是诗人厌倦了千百年来诗人艺术家对古典神话重复不断地借鉴取用，他的这种反神话反传统带有某种叛逆的情绪和吐故纳新的精神渴望。

古希腊有各种各样的维纳斯雕塑，它们年代不同，形态各异。如珍藏于罗马梵蒂冈美术馆的《尼多斯的阿芙罗狄蒂》，是希腊雕塑家柏拉西特列斯创作的。还有现存佛罗伦萨的《梅迪西的维纳斯》和罗马卡庇托利美术馆的《卡庇托利的维纳斯》以及现存于巴黎卢浮宫的《蹲着的维纳斯》等。这些维纳雕像斯有的裹着全衣，有的半裸，有的则是全裸。美国学者O·V·魏勒认为："半裸的梅罗的维纳斯是从全披衣的维纳斯形象向全裸形式的过渡形式。"[19]据此判断，"断臂的维纳斯"或"米洛的维纳斯"应是所有古代维纳斯造型的过渡形态。

女神维纳斯诞生于大海中的浪花，这是希腊诗人赫西俄德的神话叙述。希腊称爱与美的女神为"阿芙罗狄蒂"，是因为在希腊语中，这一称呼与"海"的发音相接近。方平先生曾指出："维纳斯是一个拉丁名字，罗马人对爱神的称呼。原来的希腊名称是阿芙洛狄特（Aphrodite）关于她的神话和崇拜，据学者们的研究，大概是从小亚细亚一带传来的。在东方民族的神话里，她跟海洋密切联系在一起。航海的腓尼基人首先把这些原始神话带到爱琴海的早期文化中心：塞西拉（Cythera）、塞浦路斯（Cyprus）和克里特（Crete）等岛屿，再

---

18 ［德］朝戈·弗里德里希，《现代抒情诗的结构：19 世纪中期至 20 世纪中期的抒情诗》，李双志译，译林出版社，2010 年，51 页。

19 ［美］O·V·魏勒，《性崇拜》，历频译，中国文联出版社，1988 年，281 页。

由这些仿佛是跳板似的岛国传入希腊本土。"[20]也有学者持类似的观点："关于阿佛洛狄特的身世，后世更倾向于《神谱》的说法。这不但是因为它更贴近原始的生殖崇拜，与当时的宗教仪式相吻合（古希腊人祭祀阿佛洛狄特时，往往要用类似生殖器的贝类作为她的替身，古罗马人也认为维纳斯的原形是一个大女阴，所以祭祀时要抬一大男祖以示媾和仪式），而且也因为'阿佛洛狄特'这一名字的希腊文愿意，便是'从海水泡沫里诞生'。"[21]在希腊的雕塑中表现维纳斯的诞生作品也数量可观，如《鲁多维奇宝座浮雕》即是一件刻画维纳斯诞生的雕塑。此外还有《贝壳中的阿芙罗狄蒂》等。有关维纳斯的诞生成为后世艺术经常表现的主题并由此形成此类题材的主题史。

法国弗朗索瓦·布歇（Francois Boucher，1703-1770），《维纳斯的诞生》，1740。图片来自网络。

20　[英]莎士比亚，《莎士比亚叙事诗——维纳斯与阿董尼》，方平译，上海译文出版社，1985年，130页。

21　周平远，《不朽的维纳斯》，重庆出版社，2012年，67页。

十八世纪初期法国绘画大师弗朗索瓦·布歇（Francois Boucher）于1740年创作了水粉画《维纳斯的诞生》。此画准确的名称应该是《维纳斯的胜利与诞生》英文书写为：The Birth and Triumph of Venus.在这幅画中他描写维纳斯诞生的神话场景，波涛汹涌的大海，蔚蓝的天空，白色的海浪，黑色的礁石，环绕着女神维纳斯的众神，以及空中飞舞的小神，这一切构成了喜乐欢庆又清静休闲的场面情调。《维纳斯的胜利与诞生》与布歇的另一幅画《海浪中的金星》较为相似。

波提切利（Botticelli1445-1510），《维纳斯的诞生》The Birth of Venus／La Nascita di Venere，1487年，意大利佛罗伦萨乌斐齐美术馆，Galleria degli Uffizi in Florence 图片来自网络。

桑德罗·波提切利（Sandro Botticelli，1445-1510）是15世纪末意大利佛罗伦萨的著名画家。据说，波提切利的油画《维纳斯的诞生》中情节和形象塑造是依据美第奇宫廷御用诗人波利齐阿诺的长诗《吉奥斯特纳》（Giostra）。然而，英国艺术理论家贡布里希纠正道："我们只需看一下波蒂切利确实用过的原始资料之一——波利齐亚诺对维纳斯诞生的描写，就会发现它也是这样一种混合的产物。主要情节取自一首荷马式的赞美诗，然而为了更形象具体，诗人从奥维德和其他古典作家那里摘取了个别诗行，而不管它们原来的上下文。他也表明了对自己正在试图复兴的这种古典的艺格敷词的某种偏爱，这是很有特征的。在他的一节描写中，他利用了奥维德对虚构艺术品的两种不同描述：

> Vera la schiuma e vero il mar diresti,
>
> E vero il nicchio e ver soffiar di venti.
>
> （你会把泡沫和大海称为真的，把贝壳和风的吹拂称为真的。）

这两句诗仿自奥维德对阿拉克涅［Arachne］的渎神的壁挂（壁挂表现了诸神的不正当爱情）上欧罗巴渡海的描述：

> Maeonis elusam designat imagine tauri
>
> Europen: verum taurum, freta vera putares...

（阿拉克捏描绘了受伪装公牛欺骗的欧罗巴：你会以为那是真的公牛和真的浪花）（《变形记》，VI，103 行起）"[22]诗人波利齐亚诺不仅挪用《荷马史诗》，而且还从奥维德的《变形记》借用诗句。《维纳斯的诞生》表现了爱与美的女神维纳斯诞生的情景。维纳斯全身赤裸站立在贝壳上，金黄色的长发在风中向后飘动，她的左手抓住长发掩盖她身体的私处，右手掩护住双乳，头颅微微右倾，双腿并立，重心放置在左脚，身体略微左倾，与头颅身体形成"C"形。她的右边是漂浮于空中的西风之神及其伴侣克罗丽丝，风神吹风的动作清晰可辨；维纳斯的右边的女神，据说是季节女神或时序女神荷赖："右边的形象可能是一个季节女神——在这里，她应该是春季女神。与美惠三女神一样，季节女神荷赖（拉丁语中为 Horae）也是维纳斯的一个伴侣。她身上的服饰以及给维纳斯的衣袍上都饰有春季的鲜花。这一林中仙女的脖子上带着桃金娘（维纳斯的植物）的花环，下面又是玫瑰（维纳斯的花）腰带。"[23]波提切利在《维纳斯的诞生》的油画中创造的维纳斯的形象不同于庞贝壁画最显著的区别在于：从躺着的维纳斯变为站着的维纳斯。美国学者安妮·巴瑞恩和朱勒斯·卡什福德在合著的《女神的神话：一种形象的变迁》一书中指出："阿佛洛狄忒的名字来源于她的出生方式。在希腊，阿芙罗的意思是"来自"——但并非公元前 4 世纪，她是大海的子宫，聚集并孕育了天堂的精液，孕育成贝壳，波提切利将阿佛洛狄忒站立在贝壳的形象固化为永恒。"[24]

22　［英］E·H·贡布里希，《象征的图像——贡布里希图像学文集》，杨思梁，范景中译，广西美术出版社，2014 年，113 页。

23　［比］莱克，《解码西方名画》，丁宁译，生活·读书·新知三联书店，2011 年，87 页。

24　The Myth Of The Goddess:Evolution of an image, 355-356.

　　著名的艺术理论家贡布里希曾指出："我们面临最困难的就是《维纳斯的诞生》的问题。这里并没有什么令人迷惑的特征需要做出解释，再也没有哪幅画能比它更自身完美的了。阿佩莱斯的'阿芙罗狄蒂出水'［Aphrodite Anadyomene］的名望和波利齐亚诺的《武功诗》中的艺格敷词，似乎可以圆满地解释这幅画。然而它们真的能解释吗？只是最近一位批评家才强调了这样一个主题在15世纪意大利艺术中的稀有特征：'人们可以称维纳斯的诞生为维纳斯的再生［Rinascita］，因为最诡、最诱人的异教疯狂的恶魔，奥林波斯山一位最美丽、最充满活力的任务随这幅画又回到了欧洲艺术中。然而波提切利过分冒险了。吉罗拉·莫萨沃纳罗拉修士［Fra Girolamo Savnarola］向那种新的偶像崇拜宣战，而桑德罗作了痛苦的忏悔。'这种解释无疑会与我们以前所有的观念相抵触。如果《春》是为罗伦佐·迪·皮耶尔弗朗切斯科绘制的，那么《维纳斯的诞生》也是如此，如果菲奇诺的学生真的以这样邪恶的眼光看这位女神，那么我们对波蒂切利神话作品的解释就会被证伪。然而没有必要做这种假设。如果罗伦佐迪皮耶尔弗朗切斯科被教导在《春》的维纳斯中看到'人性'的化身，那么菲奇诺的解经法可能也把他引入了《维纳斯诞生》的精神 significatio［意义］。"[25]贝壳不仅象征着女性生殖器和女性本身，还象征基督教中朝圣者。据说基督教最早做洗礼用的水是用扇贝挖掘出来的，因而扇贝又是"初始"的象征。裸体的维纳斯就象一粒珍珠一样，从贝中站起，升上了海面。

　　艺术史学者肯尼斯·克拉克则认为，波提切利《维纳斯的诞生》表现的是人性和理想美。他指出："正是从这个暗喻、转换、分界、矛盾的背景中，出现了突出的、最伟大的维纳斯诗人之一：波提切利。他作品的感染力是如此的不可抵御，以致我们要问，他与新柏拉图哲学家的幻象之间有什么联系？答案是，没有后者的幻象，就不可理解忧郁的圣母像的作者是如何创造了春和维纳斯的诞生都是来自梅迪契家族的皮埃弗朗塞斯柯·罗伦佐的别墅中。这个罗伦佐是'高贵的罗伦佐'第二个表兄。菲奇诺选择了做罗伦佐这位富有的、有为的年轻人的私人教师的职业。在他给她学生无数信件中的一封中，他有一段专门说明我前面提到过的类比思想，并预言了维纳斯在未来50年中的地位。他告诉罗伦佐'应该将眼睛盯住维纳斯，即盯住人性（Humanitas），

25　《象征的图像——贡布里希图像学文集》，73 页。

因为人性是绝顶标致的女神。她生于天堂，最为上帝宠爱。'她的心灵是爱和善，她的眼睛是尊严和宽容，她的手是慷慨和华丽。她的脚是端庄和标致，她的整体是节欲和诚实、妩媚和光彩。啊，多么精致的美啊！皮科德拉·米兰多拉以同样的笔调写道：'她的伴侣，她的女仆是美惠三女神。在世俗语言中，她们被称作清新、愉快和光彩三美神，这是理想美的三特征'"[26]且不论波提切利的《维纳斯的诞生》是否与新柏拉图主义有关，无论是表现自然之光，还是人性之光，但从文艺复兴时期倡导人性解放的时代语境考察，《维纳斯的诞生》确与人性相关。

英国学者佩特则从绘画的内涵进行阐释，波提切利的油画《维纳斯的诞生》再现了希腊精神，他说："最奇怪的是他将这种感情注入到一些古典的主题中，乌菲齐美术馆的一幅维纳斯从海上面诞生的画，是它最完整的表达，在这幅画中，怪诞的中世纪符号、充满中世纪特殊情感的风景、甚至其奇异服饰也到处点缀着哥特式的奇异花哨的雏菊，它构成了一种让你想起安格尔对完美无瑕的裸体的研究。首先，你可能仅仅为奇异的构图所吸引，它仿佛唤起了你对所看过的15世纪佛罗伦萨作品的所有感受；然后你可能会想到这种奇异一定与主题不协调，并且感到其色彩如同僵尸，或至少说它是冰冷的。但是你对这种想象性涂彩的真实意义了解的越多，越知道所有色彩不仅是自然物的外在的品质，还有一种精神在里面，由此，色彩有了表现力，你因此会越喜欢色彩的这种特性；你还会发现，波提切利的奇特构图，与希腊人自己的作品，甚至是艺术最发达时期的作品相比，是进入希腊精神的更好的入口。"[27]佩特的观点似乎与德国美学家温克尔曼认为古典艺术的最高理想是"高贵的单纯，静穆的伟大"一致。

十九世纪法国画家布格罗的油画《维纳斯的诞生》描绘了女神维纳斯从海水中诞生，众海神和小爱神的欢呼庆祝的场面。画中的维纳斯站立在贝壳之上，头颅左倾，正在整理修长的金发，她全身赤裸，身材颀长，S曲线明显，双腿并拢，娇羞优美。男神女神小神围绕着她，有的观望凝视，有的吹奏海螺，有的空中飞舞。画中的众神被放置在平静的蓝色大海，充满了欢乐祥和温馨的氛围。

26　《象征的图像——贡布里希图像学文集》，73页。

27　[英]佩特，《文艺复兴：艺术与诗的研究》，张岩冰译，广西师范大学出版社，2002年，78-79页。

图片来自网络。法国威廉·阿道夫·布格罗（William Adolphe bouguereau），《维纳斯的诞生》（naissance de venus），1879 年。

十九世纪意大利著名的雕塑家安东尼奥·卡诺瓦（Antonio Canova，1757-1822）是意大利继米开朗基罗和贝尔尼尼之后最伟大的雕塑家。他创作了《维纳斯》《赛博格的维纳斯》以及《作为胜利者维纳斯的波利娜·波拿巴》（Pauline Bonaparte as Venus Victrix）等雕塑作品。安东尼奥·卡诺瓦《维纳斯》是"半裸的维纳斯"，充盈着古典的美。

意大利，安东尼奥·卡诺瓦（Antonio Canova，1757-1822），《维纳斯》。图片来自网络。

　　十九世纪英国拉斐尔前派画家与诗人但丁·罗塞蒂（Dante Gabriel Rossetti，1828-1882）的十四行诗《胜者维纳斯》，虽未表现维纳斯与阿多尼斯的爱情或者维纳斯的诞生，但诗中描述的情景与波提切利的绘画《维纳斯的诞生》较为相似，其原诗如下：

　　　　Venus victrix

　　　　could Juno's self more sovereign presence wear

than thou,mid other ladies throned in grace?

Or Pallas,when thou bend'st with soul-stilled face

O'er poet's page gold-shandowed in thy hair?

When o'er the sea of love's tumultuous trance

Hovers thy smile, and mingles with thy glance

That sweet voice like the last wave murmuring there?

Before such triune loveless divine

Awestruck I ask, which goddess here most claims

The prize that, howsoe'er adjudged, is thine?

And Venus Victrix to my heart doth bring

Herself,the Helen of her guerdoning.[28]

此诗的汉语译文:

当你与家人同坐在风采的宝座时

朱诺怎能比你更显至高无上王者的风范?

帕拉斯怎比得过你,当你可令灵魂静止的脸

俯对着诗篇,你的秀发洒下淡金色的影子?

你难道会比维纳斯更少了天神的风姿,

当你的笑容展翅飞旋在汹涌翻腾、

似痴如醉的爱海之上,伴着明眸转动,

你低柔的笑音就如余波将逝时的叹息?

面对由三女神的美合成一体的身相,

我敬畏地问道,哪位女神最应得此荣耀?

只是不管如何判决,它最终仍将归你所享。

'爱'将你最甜美的芳名轻声地呼叫;

于是,女神维纳斯胜出,她亲自将一人

带到我的心前,那是她酬赏给我的海伦。[29]

---

28 Dante Gabriel Rossetti.The House of Life Sonnets Poems.St.Petersburg Azbooka Publishing House.2005.p.88.

29 [英] 但丁·罗塞蒂,《生命之殿》,叶丽贤译,华东师范大学出版社,2019 年, 79 页。

［英］但丁·加百利·罗塞蒂《维纳斯》，1864-1886 年。

但丁·罗塞蒂的诗歌《胜者维纳斯》主要赞美了女神维纳斯的绝美。希腊神话中的女神朱诺、帕纳斯与海伦加在一起都比不过维纳斯的美，故名为《胜者维纳斯》。诗中"你难道会比维纳斯更少了天神的风姿，／当你的笑容展翅飞旋在汹涌翻腾、／似痴如醉的爱海之上，伴着明桨转动，／你低柔的笑音就如余波将逝时的叹息？"等诗句以大海为背景，呈现维纳斯的出场，这一情境几乎就是波提切利的绘画《维纳斯的诞生》诗歌版。不同的是，但丁·罗塞蒂塑造的维纳斯不再冰冷肃穆，而是充满笑容笑音的女神。除写作诗歌《胜者维纳斯》之外，但丁·罗塞蒂还在 1864-1886 年间创作过绘画《维纳斯》。这幅画以伊丽莎白·希达尔为模特，基本上可以看成是维纳斯半身肖像画：背景铺满鲜花，维纳斯头带花环，长发披肩，右手握箭，左手拿着苹果，上身赤裸，表情恬静。虽然名为《维纳斯》，但似乎缺少女神高贵的超凡脱俗神性气质。

二十世纪奥地利诗人赖纳·马利亚·里尔克（Rainer Maria Rilke，1875-1926）曾依据文艺复兴时期意大利画家波提切利的杰作《维纳斯的诞生》创作了同名诗歌《维纳斯的诞生》，其诗如下：

随着呼唤，骚乱，不安，黑夜令人惶恐地
过去了，在这继之而来的早晨，——
整个大海又一次破裂开来，大声嘶喊。
而当嘶喊慢慢重新中断，
并从天空苍白的拂晓和开端
坠入哑鱼的深渊——；
大海在分娩。

宽大的波涛阴户的毛发泡沫
为朝阳所闪耀，在它的边缘
站起了气女，白皙，迷惘而潮湿。
于是像一片嫩绿叶动弹着，
延伸着，蜷缩的东西慢慢打开了，
她的身体舒展着，伸进凉爽之中
伸进未经触动的晨风中。

像月亮一样双膝明亮升起
又浸入了大腿的云边；
腓腹的狭影退了回来，
双足张开，变得明亮，
关节活动着如饮者
的咽喉。

身体躺在骨盆的高脚杯里
如孩童手中的一枚鲜果。
在它脐孔的窄勺斗里是
这个光明生命的全部黑暗。

下面明亮地升起了小小的波浪，
不断地向腰部流过去，
那儿不时发出一阵低微的涟漪。
但是透明而无暗影，
如一片四月的白桦，
温暖，空白而无遮掩地露着私处。

现在两肩活动的天平已经
平衡地停在笔直的躯干上，
这躯干喷泉般从骨盆升起
又踌躇着落向长臂并
疾速地落在乌发的全盘垂降中。

然后十分徐缓地转过了脸
从其斜面之缩短的黑暗
转向清澈的水平的升高的状态。
而在脸后陡峭地隐藏着下巴。
现在脖子伸着如一道光
又如一根灌浆的花茎，
还伸出了手臂如天鹅的
颈项，当它们游着寻岸时。

然后在这身体的黑暗黎明
如晨风吹来了第一次呼吸。
在脉络之树最脆弱的枝杈里
发出了一阵潺潺声，血液开始
响过它深沉的部位。
而这阵风刮大了：它现在
以全部呼吸扑向新的胸腔，
充满它们，挤进它们，——
使它们如同乘风破浪的帆，
无忧无虑的少女向海滩泅去。

于是，女神登陆了。

> 她疾速地从新岸向前迈去，
>
> 在她身后，
>
> 整个上午挺起了
>
> 花朵和草茎，热切迷惘
>
> 仿佛由于拥抱。于是他走着又跑着。
>
> 但到正午，在这最艰难的时刻，
>
> 一只海豚冲到那同一地点。
>
> 死的，红的，摊开着的。"[30]

里尔克的诗作《维纳斯的诞生》大体上是对希腊神话中爱与美的女神阿弗洛狄忒诞生神话的重述。诗歌通过对大海拟人化的动作行为的描述试图再现犹如赫西俄德《神谱》中所叙写的爱与美的女神阿弗洛狄忒诞生过程。维纳斯的诞生过程是漫长的，从黎明拂晓到正午；她的诞生是艰辛的，充满了血腥和痛苦。诗中将大海隐喻为女性，大海的泡沫等同于女性的阴毛，大海的波涛等同于女性的阴户，甚至大海中的贝壳也被等同于女性的阴户。维纳斯的诞生表面上被放置在大海，实际上是女性下半身生产过程的放大特写。这种描述明显带有原始崇拜的意味，以大海的自我交媾象征女性分娩的血腥残忍及痛苦。诗中"还伸出了手臂如天鹅的颈项"一句，暗示了"丽达与天鹅"的古典神话。O·V·魏勒指出："希腊人对所有女神的崇拜是敬仰她们作为母亲的能力，特别是在对阿芙罗狄蒂的崇拜中，女性的性吸引力被神化和人格化。"[31]母亲的能力或者说女性的能力主要是指她们的生殖能力。里尔克的诗《维纳斯的诞生》对维纳斯诞生的生理学的描述，其实也生殖崇拜的诗意表达。

二十世纪美国著名诗人华莱士·史蒂文斯（Wallace Stevens，1879-1955）的诗歌《微不足道的裸体开始一次春天航行》，也是一首与《维纳斯的诞生》相关的"读画诗"。只不过，从这首诗的题目无法判断它与维纳斯的诞生有何关系，也无法判断这首诗是否根据波提切利的油画《维纳斯的诞生》创作而成。其诗如下：

> 不是在一只古老的贝壳上，
>
> 她开始朝向大海的航行。

30　[奥地利]里尔克，《里尔克诗选》，绿原译，《绿原译文集》第四卷，人民文学出版社，2017年，355-357页。

31　《性崇拜》，280页。

而是最初发现的水草上

伴随着闪光疾驰，

无声无息，像又一头巨浪。

她同样心怀不满

会给她的臂膀披上紫色，

厌倦了咸涩的港口，

渴望海水和大海

崇高的内心的激荡。

风使她加速，

风吹着她的双手

和湿漉漉的后背。

所到之处，她抚摸云朵

在大海上反复地纵横穿梭。

这可不过是贫乏的游戏

在奔驰和水光闪烁之中，

就像她的脚边泛起的泡沫——

而不是黄金的裸体

在未来某一天

降临，如碧海壮丽的中心，

在一种更为紧张的沉静中，

作为命运的仆人，

不息地，以她不可复得的方式，

穿过亘古常新的激流。[32]

　　华莱士·史蒂文斯不仅是一位诗人，而且还是一位文学批评家。他曾在《诗歌与绘画的关系》一文中说："有一种普遍的诗歌反映在万物之中。这种说法接近于波德莱尔（Budelaire）的思想，那就是存在着一种未发现的、基本的审美或者秩序，诗歌和绘画是其体现，但是，在这件事情上，雕塑、音乐

32　[美] 华莱士·史蒂文斯，《史蒂文斯文集：我可以触摸的事物》，马永波译，商务印书馆，2018 年，30-31 页。

或任何其他审美实现都同样是一种体现。"[33]史蒂文斯更看重诗歌与绘画的融通性和一致性。美国著名学者哈罗德·布鲁姆指出："在史蒂文斯笔下，这个'无法通航的海洋'被称作'慌乱的深渊／在我们和对象之间'没有诗人比他更诚实而无情地阐述我们日常生活中的知觉与无知觉的实际二元论。除了一本奇特的神话人物谱之外，史蒂文斯的诗中没有任何人，这种排斥全面到包括了史蒂文斯自己（作为所有人或个人）。但诗歌中'所有人'或'个人'通常只是另一种形式化的手段或戏剧化的传统，一种史蒂文斯不愿意使用的自我表达方式。"[34]史蒂文斯的诗歌《微不足道的裸体开始一次春天航行》是一首反神话的诗作，把神圣的爱神维纳斯降格为世俗的裸女。诗中的裸体并没有像波提切利的油画《维纳斯的诞生》那样爱神维纳斯站在巨大花瓣一样坚硬的贝壳上，而是站在一根柔软的水草上。诗中的裸女时而随季节变换形象各异，时而似乎合二为一。她从春天启航的时候仅仅是个"微不足道的裸体"；当夏天来临，她又变成为一种"黄金的裸体"。史蒂文斯的诗与波提切利的画呈现一种若即若离的关系，既指涉绘画再现的神话主题，油游离于绘画主题之外，他的诗歌《微不足道的裸体开始一次春天航行》是对波提切利的油画《维纳斯的诞生》，包括维纳斯神话主题在内一次颠覆性改写。

20 世纪俄罗斯象征主义诗人女诗人茨维塔耶娃（Marina Ivanovna Tsvetaeva）曾写过三首关于阿佛洛狄忒的颂诗，分别写于 1921 年的 10 月 4 日、5 日和 10 日，名为《阿佛洛狄忒颂》：

> 其一：
> 众神所赐的——不是岸边
> 那些馈赠——也不是那条河流。
> 飞翔吧，维纳斯的鸽子，
> 向宽大的黄昏之门飞去。
> 我躺在逐渐冷却的沙滩，
> 将在不可预计的一天离开……
> 仿佛蛇打量自己的旧皮——
> 我改变自己的青春。

---

33 《史蒂文斯文集：我可以触摸的事物》，209 页。

34 ［美］哈罗德·布鲁姆，《诗人与诗歌》，张屏瑾译，译林出版社，2020 年，356 页。

1921.10.4[35]

其二：

隐藏在秘密的树枝中，

你温柔的鸽群徒然地鸣叫。

我丢失色情的腰带，

我丢失多情的香桃木。

你的儿子以一枝钝箭

给我重创，我因此而解脱。

——那么，在泡沫中诞生的人儿，

我安宁的宝座，请消失如泡沫！

1921.10.5[36]

其三：

手中的鸽子数不胜数，

白鸽和灰鸽！

整个王国围绕你的嘴唇

咕咕鸣叫，卑贱！

死亡的汗液不会绝迹

在高脚杯的金饰中。

而长鬃的统帅依偎着，

像一只小白鸽。

在糟糕的时刻，每一朵云——

都露出滚滚的胸脯。

每一朵纯洁的小花都映现——你的

脸庞，女魔头！

短暂的泡沫，海洋的盐……

在泡沫中，在痛苦中——

服从你，直到何时，

35　［俄］玛琳娜·伊万诺夫娜·茨维塔耶娃，《茨维塔耶娃诗集》，汪剑钊译，东方
　　出版社，2011 年，166 页。

36　《茨维塔耶娃诗集》，166 页。

无手的石像？

1921.10.10[37]

图片来自网络，《阿芙洛狄特》，公元 1 世纪罗马仿制品，现藏巴黎罗浮宫博物馆。原件为希腊艺术家普拉克西特利斯创作，约公元前 4 世纪。

茨维塔耶娃的三首《阿佛洛狄忒颂》诗都出现"泡沫"这个意象，如"在泡沫中诞生的人儿"，"短暂的泡沫，"等诗句隐喻暗示了爱神阿佛洛狄忒或维纳斯的诞生。美国学者朱迪斯·亚娜尔在《喀耳刻的变换：女巫的历史》一书中指出："于是，阿佛洛狄忒成为了天空与海洋的女儿——在许多传统中，她是最初的母神——也是天地分离的产物，仿佛是她与生俱来的权利，

37 《茨维塔耶娃诗集》，167 页。

承载着他们结合的记忆。通过想象阿佛洛狄忒在创世的最开始，当天地分开的时候——就像俄耳甫斯神话中的阿佛洛狄忒一样，厄洛斯——爱在更大的视角上被描述为人类渴望重逢。"[38]

意大利画家，罗伯特·费里（Roberto Ferri, 1978-），《维纳斯的诞生》（Nascita di Venere）。

罗伯特·费里是现代派的古典主义画家，他的画风深受巴洛克风格及象征主义影响，雕塑般写实性的人物造型，他把古典主义主题与现代理念嫁接组合，具有暴力血腥诡诞的风格。《维纳斯的诞生》传递的信息是丰富的：它沿袭了提香的《乌尔宾诺的维纳斯》、戈雅的《裸体的玛雅》以及马奈的《奥林匹亚》构图，并植入了隐喻男性生殖器的"蛇"，维纳斯成了雌雄同体，《维纳斯的诞生》又似乎是卧榻上的男女交欢的场面展示。古典题材、《圣经·创世纪》以及精神分析学的理念相互交织。

1819 年，英国诗人雪莱在意大利旅行曾写下关于希腊艺术品的《关于罗马和佛罗伦萨雕塑的琐记》，其中一篇名为《海中浮现的维纳斯》是对维纳斯的描述和赞美，他写道：

　　她恰好出浴，神采焕然，犹带享受浩宇的乐趣。

　　她似乎柔弱无力，娴静温婉，身心愉悦。她四肢的优美的曲线，彼此交流，形成不尽的美妙的波澜起伏。她的容貌显出一种令人屏息的艳丽，却又柔顺，天真，绝不矫揉造作。她的双唇没有卡匹托尔阿波罗的慷慨激昂的崇高和热心幻想的壮丽，也不像伯尔维德尔阿波罗两者兼而有之，但是有一种逗人的欲望，却也纯洁而深情；她的口角缩小，却又稍扬，或者说，微启，嫣然一笑，永远环绕唇

38 The Myth Of The Goddess:Evolution of an image, p.353.

边的风采；情不自禁的欲望使唇吻形成仿佛欲颤的曲线；舌端轻点下唇，好像懒洋洋无心作乐的态度——这一切都表达了爱情，爱情。

她的双眸似乎极乐而疲、神如秋水。她的纤细的额从两旁渐渐汇成微浮，在眉宇间浅浅的斜倾，这神采表现了天真的、温柔的感情。

她的颈部丰腴，仿佛因渴望什么赏心乐事而在喘动，以微波似的曲线流入她的极美的身躯中。

她的身躯是极美的。他在一个贝壳上半坐半立；她的肢体丰腴，浑圆和美满，并不削弱使之栩栩如生的那种生气。她的双臂的位置是超乎想象的美，既自然又不作态。而又舒适。也许，在古代的雕像中，这个是维纳斯这位奇思遐想之女神的最优美的化身。她的伶俐的、梨珠似的风韵永远如少女；她的态度就是贞洁本身。[39]

从雪莱描述的维纳斯雕像的文字看，似乎这种描述更接近波提切利的油画《维纳斯的诞生》，因为它提及了维纳斯站在贝壳上这样的细节，这个细节恰好是波提切利的油画《维纳斯的诞生》中的场景。然而，据说，雪莱描写的维纳斯诞生的雕像，相传为希腊雕刻家普拉克西特利斯所作，这个雕像的复制品现藏于梵蒂冈，为诗人雪莱参观所见。

美国著名神话学者约瑟夫·坎贝尔指出："能够确定的最早的女神形象是我们我所说的'维纳斯'。她们是旧石器时代晚期马格德林文化的女性雕像，从法国西部一直到贝加尔湖都有零星分布，这些雕像重点突出了臀部和胸部，强调了女性生殖和滋养的奥秘。大自然赋予女性这种力量，让她去表现自然本身的神秘性，因此，女人是人类世界中第一个被崇拜的对象"[40]对维纳斯诞生神话的反复书写某种意义上是远古女性崇拜的现代余响。无论是"断臂的维纳斯"，还是"维纳斯的诞生"都与希腊爱与美的女神阿芙洛狄特或者维纳斯相关，关于她的神话虽然历经千年的嬗变，不仅深刻影响了西方的文学艺术，而且由此衍生出各种艺术形式的"维纳斯"。这些以维纳斯

---

39 《缪灵珠美学译文集》，缪灵珠译，章安祺编订，中国人民大学出版社，1998年，133页。

40 ［美］约瑟夫·坎贝尔，《千面女神》，黄悦，杨诗卉，李梦鸽译，北京联合出版公司，2021年，22-23页。

或者维纳斯诞生为主题的艺术文本交织叠加，构成多重的互文，一种艺术如何转换为另一种艺术，都是值得深入探讨的话题。

第十二章 "奥菲利亚"从绘画到诗歌

　　莎士比亚的所有作品几乎都有艺术家的绘画再现。悲剧《哈姆雷特》是艺术家经常借用的绘画题材之一，但艺术家最为喜爱的还是表现《哈姆雷特》中的"奥菲利亚之死"。十九世纪法国画家欧仁·德拉克罗瓦钟情于莎士比亚的戏剧，他仅以悲剧《哈姆雷特》为题材的绘画就有：《墓地中的哈姆雷特与霍拉旭》（第五幕第一场），《想跟父亲的亡灵同去的哈姆雷特》等，其中最著名的画作则是创作于 1853 年的《奥菲利亚之死》。奥菲丽亚是莎士比亚悲剧《哈姆雷特》中男主人公哈姆雷特的情侣。她因爱侣哈姆雷特杀死自己的父亲而死于入水中。这个场景源自该剧第四幕第七场的一段台词。戏剧中并无直接舞台表现，而是通过王后葛忒露德之口说出来的。因此，日本学者平松洋在《名画中的莎士比亚》一书说："舞台没有直接表现，只有葛楚德的台词，这本身就可以刺激画家们的创造力，探索属于自己的构图。"[1]戏剧中没有直接表现的"奥菲利亚之死"，这也为艺术家留下了想象与创作的空间。

　　西方绘画史上，以莎士比亚戏剧《哈姆雷特》中的女主人公奥菲丽亚为题材的绘画为数众多，足以形成较为庞大的题材史。这一题材的绘画作品主要有：理查德·雷德格雷夫（Richard Redgrave（1804-1888））《编花环的奥菲利亚》，约瑟夫·塞文（Joseph Severn，1793-1879）的《奥菲利亚》，亚历山大·卡巴内尔（Alexandre Cabanel，1823-1889）的《奥菲利亚》），托马斯·迪

1　［日］平松洋，《名画中的莎士比亚》，谢玥译，百花洲文艺出版社，2017 年，35 页。

科塞尔（Thomas Dicksee）的《奥菲利亚》，保罗·艾伯特·施特克的《溺水的奥菲利亚》以及德拉克罗瓦的《奥菲利亚之死》等。奥菲利亚之死尤其受到了英国前拉斐尔派画家偏爱。前拉斐尔派代表人物之一米莱（John Everett Millais）于1852年创作了他的代表作《奥菲利亚》。前拉斐尔派的另一位画家亚瑟·修斯（arthur hughes）也于1851至1853年间创作了两幅《奥菲利亚》的油画。该派画家约翰·威廉姆·沃特豪斯（John William Waterhouse，1849-1917）一共创作了四幅《奥菲利亚》油画：1889年创作的《草地上的奥菲利亚》、1894年《荷塘中的奥菲利亚》、1910年《身着蓝裙的奥菲利亚》以及1908年的《奥菲利亚》。此外，法国作曲家柏辽兹（Hector Louis Berlioz，1803-1869）曾创作过音乐作品《奥菲利亚之死 La mort d'Ophélie》。引人注意的是，十九世纪法国象征主义诗人兰波也曾创作了诗歌《奥菲利亚》。二十世纪俄罗斯诗人茨维塔耶娃也创作了以奥菲利亚为题材诗歌《约定的会晤》。奥菲利亚从莎士比亚悲剧中的一个人物到米莱的绘画的形象再到兰波和茨维塔耶娃写作的诗歌，构成一种跨时空的文学艺术景观。这些不同的艺术文本之间的重写与改写，还原与再现，互动与转换可以用互文性理论来解释。

互文性理论是法国学者朱丽娅·克里斯蒂娃在总结提炼巴赫金的诗学与符号学理论的基础上提出来的。克里斯蒂娃说："任何本文都是对其它本文的吸收和转化。"[2]西方文学批评家把文本之间利用、吸收、扩展、改写，或在总体上加以改造的其他文本间的关系，称为"互文性"或"文本互涉"。莎士比亚戏剧《哈姆雷特》、米莱的绘画《奥菲利亚》、兰波的诗歌《奥菲利亚》以及茨维塔耶娃的诗歌《约定的会晤》构成互文性关系。

十九世纪英国画家约翰·埃弗里特·米莱（John Everett Millais，1829-1896）于1851年创作了油画《奥菲利亚》。这幅画的模特是伊丽莎白·西达尔（Elizebath Siddle）。米莱所描绘的"奥菲丽亚"是她死亡的瞬间。为了画出奥菲丽亚在水中似沉似浮的效果，他曾置一大玻璃缸让模特西达尔躺在水中。虽然，油画先画躺在大玻璃缸的人物，然后在将奥菲利亚放置在有森林有溪流的自然环境中，但油画整体上这种嵌入拼合天衣无缝，毫无粗糙断裂感。画中奥菲利亚仰卧在缓缓流淌的河水中，身着纱裙，周围是树木荆棘，野花

2　［法］朱丽娅·克里斯蒂娃，《主体·互文·精神分析:克里斯蒂娃复旦大学演讲集》，祝克懿，黄蓓译，附录一：互文性理论的产生与发展，生活·读书·新知三联书店，2016年，150页。

绽放，她脸色苍白，嘴唇微张，身体僵硬，双手摊开。油画色调总体以绿色为主。水，植物，死亡构成了"奥菲利亚之死"。同样是在表现奥菲利亚之死，德拉克洛瓦与米莱的不同之处在于，画中人物的姿态动作存在差异：德拉克洛瓦的油画《奥菲利亚之死》中奥菲利亚半裸侧卧于水中，一只手还抓住了树枝，落水时似有求生本能。而米莱的《奥菲利亚》只是静态呈现。德拉克洛瓦倾向于表现奥菲利亚的"跌落"状态，米莱侧重于表现奥菲利亚死亡后的"漂浮"状态。

资料来源：《名画中的莎士比亚》，39-39 页。米莱，奥菲利亚，1851-1852 年，画布油彩 76.2cm×111.8cm，伦敦，泰特现代美术馆。

　　法国诗人阿尔蒂尔·兰波（Arthur Rimbaud，1854-1891）同样青睐于奥菲利亚之死的书写，它的诗歌《奥菲利亚》用文字还原再现了水中漂浮的奥菲利亚之死。其诗如下：

　　　　　　一

　　　　　在黑暗和沉寂的涟漪上安寝着群星，

　　　　　皎洁的奥菲利亚像一朵大百合在飘动，

　　　　　她躺在长长的纱披上徐徐地飘着……

　　　　　远处的树林里传来围猎之声。

这就是一千多年来可怜的奥菲利亚
白色的幽灵，在黑色的长河中穿行；
这就是一千多年来她在甜蜜的疯狂中
低吟着小曲，面向傍晚的微风。

风吻着她的胸襟，像吹开的花朵
长长的面纱被水波轻柔地摇动，
颤抖的杨柳在她肩头啜泣，
芦苇在她宽阔、梦幻的额头鞠躬。

哀伤的睡莲在她周围叹息，
在昏睡的桤树中她有时苏醒，
一个鸟巢里传出翅翼的窸窣，
一曲神秘之歌降自金色的星群。

二

啊，苍白的奥菲利亚，你美如瑞雪，
是的，孩子，你在汹涌的河中葬身！
因为从挪威高山吹来的风
曾和你低语过辛酸的自由。

是因为一阵微风卷动着你的长发，
给你幻想的精神带来奇异的声音，
因为你的心灵倾听着大自然的歌唱，
在树的怨惋里和黑夜的叹息中。

是因为大海的涛声像一片嘶哑的喘息，
撕碎了你那过于多情、温柔的孩子的心，
是因为四月的早晨一位俊雅苍白的骑士，
一个可怜的疯子，默坐在你的双膝。

天堂、爱情、自由，怎样的梦幻，啊，可怜的狂女！
你像火上的雪花向他消融，
宏伟的憧憬使你说不出话来，
茫茫的无限模糊了你蓝色的眼睛。

三

诗人说你在星光下，

来寻找你采集的花朵；

他看到你躺在长长的纱披上，

皎洁的奥菲利亚飘动着像一朵大百合。[3]

　　兰波的诗作《奥菲利亚》用语言呈现了水中的奥菲利亚之死。似乎在阐明奥菲利亚之死犹如圣母般的纯洁与静美。诗歌的第一节对奥菲利亚之死做了绘画般的静态呈现。诚如法国学者伊夫·博纳富瓦所言："诗人们越是专注于抓住瞬间，他们越是对绘画技巧发生兴趣，在他的眼里，绘画技巧很神奇"[4]兰波抓住了奥菲利亚死亡的瞬间，以绘画的方式再现奥菲利亚之死。诗中"皎洁的奥菲利亚像一朵大百合在飘动"一句，百合成为最经典的意象，它象征着圣母玛利亚，有圣洁之意。日本学者平松洋在《名画中的符号》一书中说："公元 2 世纪之后，象征童贞与纯洁的百合与圣母玛利亚的形象挂钩。民间传说在圣母玛利亚去世 3 天后有人到访其墓地，不见玛利亚的遗体，取而代之的是满地的玫瑰与百合。白百合洁白的花瓣是玛利亚纯洁无瑕的身体，缀着黄色花粉的花蕊是她如黄金般耀眼夺目的灵魂，白百合花正是圣母复活的象征。"[5]其他如"风""杨柳""芦苇""睡莲"等意象点明了自然环境，并以拟人化的动作表达了对奥菲利亚哀悼悲叹和崇敬。"白色的圣母百合（Lilium Candidum）可以看作'欧洲版'的莲花"诗中"哀伤的睡莲在她周围叹息"一句，其中睡莲（英文 Nymphaea），在西方文化中意指"水中女神"即是希腊神话中宁芙女神（拉丁文 Nymphys），它的词意为"泉源"[6]即是水。荷花最早出现在古埃及，后在希腊典籍出现。美国学者 R·安西斯在论及古埃及神话中太阳神拉时指出："据我们所知，只有为数寥寥的神话意象同拉存在着有机的关联。其中之一是有关拉同幽冥之蛇相博；这一意象已有进一步衍化。另有一种意象则是有关所谓原初荷花；据说，此荷花每日每

3　［法国］兰波，《兰波诗歌全集》，葛雷梁栋译，北京燕山出版社，2016 年，18-20页。

4　［法］伊夫·博纳富瓦，《红云：论诗学》，朱静译，华东师范大学出版社，2019年，370 页。

5　［日］平松洋，《名画中的符号》，俞隽译，百花洲文艺出版社，2017 年，23-24 页。

6　［英］珍妮弗·波特，《改变世界的七种花》，赵丽洁，刘佳译，生活读书新知三联书店，2018 年，37 页。

时以其芬芳赋予拉以生机,而拉在乾坤始奠之际曾给予荷花以生命。这一意境中的荷花,称为'奈费尔泰姆'。其名的含义颇似阿图姆其名,意即'初生的荷花已完美,堪为其他一切之冠'(所谓其他一切,'系指其他原初有生命的存在')"[7]兰波的诗中奥菲利亚象征着宁芙女神或者水。她的死充满了神性和宗教意味,是死亡之静美。诗歌的第二节着重描述大自然的声响,如风的低语,树的哀叹,海的喘息等,这种音乐性的描述夹杂着梦幻般的想象,抒发对天国、爱情与自由的向往。第三节最后一句诗"皎洁的奥菲利亚飘动着像一朵大百合"与第一节诗的开头遥相呼应,借诗人之口赞美奥菲利亚的圣洁。

百合与睡莲是兰波诗歌《奥菲利亚》中的两个主要意象并具有象征意义。它的象征意义来自两个传统:即古典传统与基督教传统。在两种传统之下,奥菲利亚既是睡莲又是百合,说明她既是希腊的女神,又是基督教的圣母玛利亚。兰波喜爱摇曳战栗的百合,在他的诗歌大约还有两首写百合的诗。一首名为《百合》:"摇曳吧!百合!银色的葫芦"[8]在另一首《与诗人谈花——致庞维勒》又提及百合:

> 百合!百合!看不见的百合!
>
> 在你的诗句中,犹如姗姗而来的
>
> 女犯的衣袖,
>
> 这洁白的花朵一直在战栗![9]

兰波的诗歌《奥菲利亚》写于1870年,当时他年仅十六岁。而米莱的油画《奥菲利亚》创作于1851年。从时间上说米莱与兰波画与诗没有交集,暂无证据表明,兰波依据米莱的油画《奥菲利亚》创作同名诗歌,巧合的是,米莱的画与兰波的诗也有许多惊人的相似之处,如,自然环境的营造,围绕奥菲利亚的各种野花,奥菲利亚在水中漂浮等极为类似。但是,米莱的绘画与兰波的诗差异也是明显的,整体上米莱的油画《奥菲利亚》是写实性的,兰波的诗则是想象性的。前文述及,奥菲利亚之死是悲剧《哈姆雷特》第四幕第七场借王后葛忒露德之口讲述的,她这样描述:

7 魏庆征编,《古代希腊罗马神话》,北岳文艺出版社,1999年,851页。

8 [美]R.安西斯,《古埃及神话》,[美]塞·诺·克雷默,《世界古代神话》,魏庆征译,华夏出版社,1989年,92页。

9 《兰波诗歌全集》,278页。

一道溪坎上斜长着一棵杨柳树，

银叶子映照在琉璃一样的溪水里。

她编织了离奇的花环，用种种花草，

有苎麻、金凤花、雏菊，还有长颈兰

（放浪的牧羊人给它起更坏的名称，

贞洁的姑娘还不过叫它'死人指'），

她到了那里，爬上了横跨的枝桠

套上花冠，邪恶的树条折断了，

把她连人带花，一块抛落到

呜咽的溪流里。她的衣服张开了，

她还断续的唱些古老的曲调，

好像她一点也不感觉自己的苦难

又好像本来是生长在水里一样，

逍遥自在。可是也不能长久，

一会儿她的衣裳泡水泡重了，把她从轻纱的歌唱中拖下泥浆里

死了。[10]

　　荷兰学者米克·巴尔正确地指出："一件艺术品至少体现了三种系统关系：它与共同文本或文学和艺术的关系，它与形成历史语境的关系，它与之前的艺术传统或称前文本的关系"[11]《哈姆雷特》中对奥菲利亚之死的描述详尽细致。比如，与奥菲利亚之死有关的杨柳树，用苎麻、金凤花、雏菊、长颈兰编织的花环等，甚至，剧中借奥菲利亚之口已经讲出了各种花的象征意义，如"这点花是迷迭香，表示记忆的。爱人，你要记好。这是三色堇，表示相思的。……骗人精雏菊，坚贞的紫罗兰"，比较米莱与德拉克洛瓦的油画"奥菲利亚"，在细节上可以发现，德拉克洛瓦的画更忠实于莎士比亚戏剧中奥菲利亚之死的场景，几乎是以诗作画。如手抓的树枝，编织的花环以及张开的衣服等。而米莱更注重真实自然景象的还原。米莱画中的河景则全部取自伦敦郊外的豪格斯麦尔河（Hogsmill river），画中植物均真实可查。

10　《兰波诗歌全集》，96 页。

11　［荷兰］米克·巴尔，《绘画中的符号叙述：艺术研究与视觉分析》，蔡熙译，段炼编，四川大学出版社，2017 年，120 页。

欧仁·德拉克罗瓦,《奥菲丽娅之死》,1844 年,现在藏于巴黎卢浮宫。资料来源:
《名画中的莎士比亚》,31 页。

毫无疑问,米莱与兰波对莎士比亚的悲剧《哈姆雷特》是熟知的,有可能兰波也曾观赏过其他画家创作的"奥菲利亚"。伊夫·博纳富瓦曾说过:"Ut pictura poesis(诗如画),绘画和写诗是一回事,因为二者同样借助一些有意义的元素,次要的元素,描绘了同样的场景,……"[12]不论是莎士比亚的戏剧《哈姆雷特》,米莱的《奥菲利亚》油画,还是兰波的诗歌《奥菲利亚》,它们都在展现"奥菲利亚之死"的场景。奥菲利亚死于水中,不仅是一种场景和事实,还是一种梦幻般的想象。为何画家诗人特别看重这一场景呢?加斯东·巴什拉指出:"死者随流水而去,这只是对死亡的无际遐想勾画出了一笔。这一笔只联系到可见的画,它可能对有关死亡的思索所做的物质想象的深度具有欺骗性,好像死的本身是一种实体,一种新的实体中的生命"[13]巴什拉在他的著作中不仅揭示了作为物质的水与梦之间的关系,而且别出心裁

12 《红云:论诗学》,370 页。

13 [法]加斯东·巴什拉,《水与梦:论物质的想象》,顾嘉琛译,河南大学出版社,2017 年,24 页。

地提出了"奥菲利亚情结"。何谓奥菲利亚情结?他并无明确的界说。不过,从他的论述中大致可以了解,奥菲利亚情结意指女性本能地渴望以溺水而死的方式重生。"脆弱啊!你的名字是女人"[14]这句话出自《哈姆雷特》第1幕第2场。虽然,剧中这句话是哈姆雷特说给自己的母亲,但同样适用奥菲利亚。奥菲利亚是一个处女,她美丽纯洁,但又脆弱疯癫,而且她的父亲被杀。"处女被解释为神的女人"。法国学者马科斯·扎菲罗普洛斯指出:"在弗洛伊德看来,对处女的尊敬,并不是对年轻女人的尊敬,而是对死亡父亲的性的活动无意识地带有恐惧的尊敬。"[15]奥菲利亚生于水(母体羊水),死于水(河流),即是回归母体。

就兰波的诗歌《奥菲利亚》本身而言,它与莎士比亚的剧作中的奥菲利亚相去甚远。德国学者朝戈·弗里德里希指出:"这个奥菲利亚与莎士比亚剧中的人物不再相关,她随流飘下,但在她身边展开了一个辽远的空间,其中带来神秘歌声的黄金星辰,有从远方奔驰而来的山风,有海洋的低鸣,有无限物造成的恐惧。而她自己被超拔为一个持久不灭的形象;她在河中飘荡了超过一千年,她的歌声吟唱那些狂想超过了一千年,怀着狂想的那些人因为'巨大的幻想'而使语言纷乱。"[16]可以说,兰波在他的诗中创造了另一个奥菲利亚的形象。这种方法弗里德里希称之为"有限之物是如何奔向远方的。"

19世纪末20世纪初的俄罗斯诗人亚历山大·亚历山德罗维奇·勃洛克(Aleksandr Aleksandrovich Blok,1880-1921)是一位莎士比亚的崇拜者,他曾创作过一首名为《奥菲利亚之歌》的诗篇:

> 告别亲爱的少女时,
>
> 朋友,你对我信誓旦旦!
>
> 前往荒蛮的边地前,
>
> 你承诺保守爱的誓言!
>
> 在那里,在幸福的丹麦那边,

---

14 [英]莎士比亚,《莎士比亚悲剧四种》,卞之琳译,方志出版社,2007年,17页。

15 [法]马科斯·扎菲罗普洛斯,《女人与母亲:从弗洛伊德至拉康的女性难题》,李锋译,福建教育出版社,2015年,45页。

16 [德]朝戈·弗里德里希,《现代抒情诗的结构:19世纪中期至20世纪中期的抒情诗》,李双志译,译林出版社,2010年,58页。

你的海岸依稀可见……

饶舌又生气的波涛

冲刷着洒满我泪水的礁岩……

全身穿着银色的铠甲，

亲爱的战士一去不还……

蝴蝶结和黑色的毛笔

将会在棺椁中躁动不安……[17]

　　勃洛克 18 岁时曾在门捷列夫庄园和他未来的爱人门捷列娃共同饰演了莎士比亚的名剧《哈姆雷特》中男女主人公——哈姆雷特与奥菲利亚。他的诗歌《奥菲利亚之歌》写于 1899 年，勃洛克时年 19 岁，风华正茂，激情勃发。这首诗既是奥菲利亚的独白，也是诗人对恋人的爱的诉说。同为俄罗斯象征主义诗人的 20 世纪女诗人茨维塔耶娃（Marina Ivanovna Tsvetaeva）也曾写过一首关于奥菲利亚的诗，名为《约定的会晤》：

约定的会晤，我必将

迟到。抓住附加的春天

——头发灰白的我一定到来。

你已郑重地给出预约。

我多年漂泊——奥菲丽亚

对苦涩芸香的兴趣并不放弃！

走过高山——和广场，

走过心灵——和手臂。

在大地上生活很久！密林深处——

是血液！而每一滴——都是小河汊。

可是，在靠近河岸的地方，奥菲丽亚的

面孔永远被掩盖在苦涩的草丛下。

她饱尝了情欲，全身盖满淤泥！

——像石砺上的一束草穗！

我高尚地爱过你：

---

17 亚历山大·勃洛克，《勃洛克诗选》，郑体武译，上海世纪出版股份公司，译文出版社，2018 年，12 页。

　　　　　我把自己埋葬在天空！[18]

　　　　　1923.6.18

　　除这首诗之外，茨维塔耶娃还以莎士比亚的戏剧《哈姆雷特》中的奥菲利亚为题材创作了《奥菲利亚致哈姆雷特》和《奥菲利亚为王后辩护》两首诗。《约定的会晤》写于1923年，当时她流亡于捷克，这一时期的诗歌大多以分离、爱情和死亡为主题。诗名《约定的会晤》也译《约会》，注定是一次有意爽约无缘再见的约会。全诗共有四节，篇幅较短。诗中"我多年漂泊——奥菲丽亚，对苦涩芸香的兴趣并不放弃！"一句，诗人茨维塔耶娃把自己比作奥菲利亚。引人注意的是，这句诗中的意象——植物"芸香"，在莎士比亚的戏剧《哈姆雷特》第四幕第五场中就已经出现了，剧中奥菲利亚对她的哥哥说："这点苦芸香花给你，留一点给我自己；我们到礼拜天可以叫它慈悲草。啊！你戴起来跟我的戴法不同。"[19]1889年英国画家沃特豪斯草地上的《奥菲利亚》的油画中就有茴香、芸香、毛茛、雏菊等植物。芸香这个看似平常的植物，却象征着忧伤和悔恨。透过这个植物意象，这首诗表现的主题即是通过写约会表达忧伤和悔恨。英国学者玛格丽特·威尔斯在《莎士比亚植物志》一书中说："'芸香'一名唤起悲苦哀痛之情，因此莎士比亚将其列入可怜的奥菲利亚的香草花卉名录便也不足为奇。"[20]茨维塔耶娃在捷克的这段时间与俄罗斯作家、诗人、翻译家帕斯捷尔纳克处于热恋当中并保持通信往来。俄罗斯学者萨基扬茨指出："她给帕斯捷尔纳克写了一封篇幅很长、充满文学意味的书信，其中涉及到日常生活与生存意识的冲突，命中注定两个诗人难以见面，可同时又梦想着……能在歌德的国土，在魏玛相逢。这封信倾诉了爱情，倾诉了无比丰富的情感"[21]虽然她与帕斯捷尔纳克的爱情无疾而终，但诗歌中对于恋人想象与柏拉图式的爱情热烈而决绝。应该说，这种复杂的情感中精神与肉体、渴望与失望、甜蜜与苦涩、痛苦与快乐、痴情与悔恨，兴奋与忧伤交织在一起，充满了矛

18　[俄]玛琳娜·伊万诺夫娜·茨维塔耶娃，《茨维塔耶娃诗集》，汪剑钊译，东方出版社，2011年，240-241页。

19　《茨维塔耶娃诗集》，218-219页。

20　[英]玛格丽特·威尔斯，《莎士比亚植物志》，王睿译，人民文学出版社，2019年，161页。

21　[俄]萨基扬茨，《玛丽娜·茨维塔耶娃：生活与创作》（中），谷羽译，广西师范大学出版社，2011年，339页。

盾。

1996 年诺贝尔文学奖获得者波兰诗人维斯拉瓦·辛波丝卡（Wislawa Szymborska，1923-2012）又译为维斯拉瓦·希姆博尔斯卡，她曾也写过一首《其余》的诗，是有关奥菲利亚的诗。诗写道：

> 奥菲利亚唱起疯狂的歌曲，
>
> 她惶恐不安地跑下了舞台，
>
> 是长裙太皱了，还是那头长发
>
> 没有按照应有的样子垂在肩上。
>
> 太过于真实了，洗去眼睑上
>
> 的过分绝望——作为波洛涅斯的亲生女儿，
>
> 她精确地数起了从头发上取下的叶子，
>
> 奥菲利亚，让丹麦宽恕我和你，
>
> 我死在翅膀上，经历了真正的背叛，
>
> 并非所有的死亡都出自爱情。[22]

辛波斯卡的这首短诗书写了疯癫而又清醒的奥菲利亚，她既是在舞台上表演，又是真实的人生悲剧展演，舞台隐喻现实，应验了人生如戏之说。"我死在翅膀上，经历了真正的背叛"的诗句说明杀死奥菲利亚的并不是爱情，而是对理想的放弃与背叛。

综上所述，奥菲利亚作为从莎士比亚的戏剧走出的人物，引起后世艺术家的高度关注，并不断地走进新的艺术世界，成为艺术史上不朽的形象。作为艺术主题的奥菲利亚，在不同时代不同艺术中被反复书写，无论是米莱的绘画，还是兰波、勃洛克、茨维塔耶娃、辛波斯卡等人的诗歌，这一艺术主题不断延展扩散，形成了跨艺术的文化景观，各种有关奥菲利亚主题的艺术文本构成互文性。对于"奥菲利亚的题材史"的梳理研究，还应包括各种批评。德国学者沃尔夫冈·伊瑟尔在评论伊莱恩·肖瓦尔特的女权主义文学批评时指出："在《展现奥菲利亚》这篇非常重要的文章里，肖沃特试图应对女性主义阅读中出现的这种挑战。她纵览了迄今为至过去四个世纪里对奥菲利亚的各种再现，奥菲利亚成为一种示范，表现为从堕落的女人到心理学研究的

---

22 ［波兰］维斯拉瓦·希姆博尔斯卡，《希姆博尔斯卡诗集 I 》，林洪亮译，东方出版社，2019 年，154 页。

各种特定对象等各种形象，反映出各个时期的主导意识形态。"[23]肖瓦尔特主要从女性主义视角，对意识形态主导的奥菲利亚的再现研究进行了批判。19世纪英国女作家玛丽·考登·克拉克（Mary Cowden Clarke）出版于 1851-1852年的小说集《莎剧女主角的少女时期》（The Girl Shakespeare's Heroines in a series of Tale），其中的短篇《奥菲利亚：埃尔西诺》（Ophelia:The Rose of Elsinore）记述了奥菲利亚的一个噩梦，梦中的情境喻示了她未来的结局。塞思·勒若指出："这（指梦——笔者注）可以看作她后来在剧中死去的古怪预示。但是光从此处看来，它更像是独特的维多利亚时代的死亡意象。夏洛特夫人（Lady of Shalott）和莎士比亚笔下的奥菲利亚，这一种类似拉斐尔前派式的画面的感性调和，而形成的奇特结合体（约翰·米莱斯 [John Millais]在 1851 年创作了一副奥菲利亚的画像，我发现这幅画所呈现的画面和克拉克的文字描述惊人地相似）。"[24]克拉克的文字记述与米莱斯的油画相似的原因是：它们有一个共同的"底本"——莎士比亚戏剧《哈姆雷特》，早在维多利亚时代，奥菲利亚主题引起文学家的浓厚兴趣，并且已经延伸到了儿童文学的写作领域。

23　［德］沃尔夫冈·伊瑟尔，《怎样做理论》，朱刚，谷婷婷，潘玉莎译，南京大学出版社，2019 年，186 页。

24　［美］塞思·勒若，《儿童文学史：从〈伊索寓言〉到〈哈利波特〉》，启蒙编译所译，华东师范大学出版社，2019 年，235 页。